내 나이
예순,

성덕이
되었습니다

내 나이 예순, 성덕이 되었습니다

덕질로 시작된 좌충우돌 작가 도전기

초 판 1쇄 2025년 03월 11일

지은이 마리혜
펴낸이 류종렬

펴낸곳 미다스북스
본부장 임종익
편집장 이다경, 김가영
디자인 윤가희, 임인영
책임진행 김은진, 이예나, 김요섭, 안채원, 장민주

등록 2001년 3월 21일 제2001-000040호
주소 서울시 마포구 양화로 133 서교타워 711호
전화 02) 322-7802~3
팩스 02) 6007-1845
블로그 http://blog.naver.com/midasbooks
전자주소 midasbooks@hanmail.net
페이스북 https://www.facebook.com/midasbooks425
인스타그램 https://www.instagram.com/midasbooks

ISBN 979-11-7355-109-3 03810

값 19,000원

미다스북스는 다음세대에게 필요한 지혜와 교양을 생각합니다.

덕질로 시작된
좌충우돌 작가 도전기

내 나이
예순,

성덕이
되었습니다

마리혜 지음

미다스북스

추천사

✦

어린 시절, 좋아했던 연예인이 있으셨나요? 아니면 존경했던 선생님은 떠오르시나요? 누구나 마음속에 한 명쯤 품고 있는 특별한 사람이 있을 겁니다. 그리고 이 책을 덮는 순간, 그 사람이 더욱 선명하게 떠오를 것입니다.

이 책은 단순히 한 사람을 찬양하는 이야기가 아닙니다. 저자는 이솔로몬이라는 연예인이자 작가를 깊이 이해하며, 그의 관점과 식견을 따뜻하고 예리한 시선으로 풀어냈습니다. 그것은 단순한 팬심이 아닙니다. 한 사람의 내면과 이야기를 진정으로 탐구하는 과정입니다.

책 속에서 우리는 예순을 넘긴 작가가 자신보다 한참 어린 연예인을 알아가는 여정을 따라갑니다. 세대와 나이를 뛰어넘어 한 사람을 알아가려는 마음은 경이롭습니다. 단순한 덕질 이상의 깊이와 진심이 담겨 있습니다.

혹시 이솔로몬에 대해 잘 몰라도 괜찮습니다. 예순의 시점을 완전히 이해하지 못해도 괜찮습니다. 중요한 건 한 사람이 다른 한 사람을 깊이 알고 싶어지는 그 마음입니다. 어쩌면 그것이 덕질의 본질이 아닐까요? 나아가 사랑의 본질이기도 할 것입니다.

가슴 뛰는 삶에는 나이가 없습니다. 도전하는 삶에도 정년은 없지요. 한 사람을 깊이 알고, 그를 믿으며, 무조건적인 지지와 사랑을 쌓아가는 시간은 오래 걸릴지 모릅니다. 하지만 그렇게 형성된 마음은 다른 어떤 시간보다도 오래도록 우리 곁에 머뭅니다.

이 책은 묻습니다. 여러분 마음속에도 그런 가슴 뛰는 사람이 있나요? 당신의 가슴을 설레게 하고, 삶을 한순간 빛나게 했던 그 사람이요. 그리고 그 특별한 순간을 글로 표현해 보는 건 어떨까요? 어쩌면 이 책이 그 시작점이 되어 줄지도 모릅니다.

— 『마흔에 깨달은 인생의 후반전』 저자 더블와이파파

들어가며

✦

　가슴이 뭉클하고 설렙니다. 책을 출간하기 위해 준비하는 이 순간이 마치 꿈만 같습니다. 주부로 살아온 내가 일상을 살아가는 일 외에는 아무것도 할 수 없을 줄 알았습니다. 하지만 용기를 내어 꾸준히 글을 쓰다 보니 기적 같은 일이 펼쳐졌습니다. 글쓰기 시작한 후로는 매 순간이 벅차도록 즐거웠습니다. 오늘은 무엇을 이야기할까, 고민하는 시간이 때로는 눈물 나도록 설레고 행복했습니다. 한때는 평범하게 살아가는 삶으로도 행복하고 만족했습니다. 하지만 문득 돌아보니 나도 모르게 외로움과 공허함이 쌓여갔습니다. 나이가 들어가면서 외로움과 고독, 슬픔을 가슴에 꼭 눌러 담고 애써 감추기만 했습니다.

　그러나 꺼내지 못했던 이야기가 글이 되면서 마음이 가벼워지기 시작했습니다. 그렇게 가슴속에 감추어 두었던 감정들이 글이 되고 비로소 내 안의 고요함과 마주할 수 있었습니다.

이 책은 이솔로몬 작가의 책을 읽고 필사하면서 떠오른 생각과 하고 싶은 이야기를 담았습니다. 글 쓰고 노래하는 아티스트 이솔로몬은 이미 시인으로 등단해서 활동하고 있는 작가입니다. 그리고 TV의 한 오디션 프로그램에서 3위로 입상하고 가수의 꿈을 이룬 청년 아티스트이기도 합니다.

이렇게 귀한 아티스트가 예순이 넘은 저에게 빛으로 다가왔습니다. 그 빛은 소박하고 평범한 예순의 삶을, 열정을 내고 글을 쓰도록 불을 지폈습니다. 그렇게 꾸준히 쓰기 시작한 글은 아주 평범한 일상을 글 쓰는 삶으로 바꿔 놓았습니다. TV를 통해 알게 되었지만, 무심히 보고 지나칠 뻔한 한 청년으로 인해 내 나이 예순에 이렇게 삶이 바뀌게 될 줄 미처 몰랐습니다.

책을 읽으며 사색에 잠깁니다. 추억을 떠올리고, 지나온 시간을 되돌아보며 아쉬움과 소심했던 지난날을 조용히 어루만집니다. 예전에는 상상조차 하지 못했던 블로그 활동을 통해 이제는 이웃들과 소통하고, 마음속 이야기를 글로 풀어냅니다. 이 모든 과정에는 용기가 필요했습니다. 무엇이든 해야겠다고 결심하는 일, 오롯이 나를 위해 한 걸음 내딛는 일이 쉽지 않았습니다. 늘 소심해서 용기를 내는 게 서툴렀으니까요. 그런데도, 이제는 나를 위해 조금씩 용기를 내보기로 합니다. 글을 쓰고, 마음을 나누고, 새로운 길을 열어가기로 합니다.

어느 순간, 평범하게 늙어갈 제 미래가 답답하게 느껴졌습니다. 그렇게 흘러가는 시간을 어떻게 하면 더 의미 있게 살아갈 수 있을지 고민하게 되었습니다. 지금과는 다르게 살고 싶었습니다.

오래전 가슴 한편 접어 두었던 작은 꿈을 펼쳐 보았습니다. 다시 글을 써야겠다고 마음먹었습니다. 더 나이가 들기 전에 차곡차곡 써온 글들로 문집을 만들고 싶었습니다. 먼 훗날 우리 아이들이 이 글을 펼쳐 보며 엄마를 떠올릴 수 있기를 기대하면서요. 저에겐 간절한 꿈이었습니다.

작고 소박한 꿈을 현실이 될 수 있도록 힘과 용기를 내게 된 계기는 이솔로몬 작가가 출간한 두 권의 책이었습니다. 『엄마, 그러지 말고』, 『그 책의 더운 표지가 좋았다』 산문집을 읽고 목차의 소제목마다 독후감을 쓰기 시작했습니다.

글을 쓰기로 마음먹고 시작했지만 쉽지 않았습니다. 시인이 쓴 산문은 마치 시처럼, 깊은 감정과 짧고 간결한 문체로 쓰여 있어서 내면을 이해하고 글로 옮기기가 어려울 때가 많았습니다. 청춘의 마음을 온전히 읽어 내기에는 너무 나이가 들었나 봅니다

그럼에도 꾸준히 쓸 수 있었던 것은, 글이 전해주는 섬세함과 깊이를 통해 눌러 놓았던 감정을 끄집어낼 수 있었기 때문입니다. 그리고

어머니를 향한 고운 심성과 남다른 가족애가 느껴지는 글의 정서가 마음에 와닿았기 때문입니다.

무엇보다 팬으로서 힘이 되고, 박수와 응원의 글이 되고 싶었습니다. 하지만 정성을 담아 표현했어도 스스로 부족하다고 느껴질 때는, 얼굴이 빨개지고 부끄러운 생각이 들기도 했습니다. 그때 마침 이솔로몬 작가의 진심 어린 댓글이 힘이 되어 더 용기를 낼 수 있었습니다.

좋아하는 이솔로몬 작가의 글로 힘을 얻고, 용기를 내어 여기까지 달려왔듯이 누군가 나처럼 눌러놓았던 꿈을 다시 펼치고 글 쓰는 삶을 이루었으면 좋겠습니다.

이 책에 쓰인 글은 서평이 아닙니다. 독후감이지만 책을 읽고 느낌과 떠오른 생각을 옮겼습니다. 작가가 쓴 글의 내용과 다르게 쓰인 글일 수도 있습니다. 마음의 글로 쓴, 편지 형식을 빌린 에세이로 이해하시면 좋을 것 같습니다.

청년은 어려운 환경에도 꿈을 잃지 않고 방대한 독서량과 꾸준한 자기 계발로 꿈을 이루고 있습니다. 시인 등단하고 동시에 가수의 꿈을 이루고, 끊임없이 노력하고 향상해 가는 모습이 참 예뻤습니다. 비슷한 나이의 아들 엄마로서 힘껏 응원하기로 마음먹고 팬이 되었습니다. 팬이 되고 작가뿐 아니라 실력을 갖춘 가수로서 중저음의 목소리로 부르는 노래 역시 마음을 울렸습니다. 그 후로 점점 더 관심을 두고 좋아하게 됐습니다.

관심이 책을 읽고 글을 쓰게 했습니다. 매일 꾸준히 쓰면서 글쓰기 근육이 늘었고 드디어 책을 출간하게 되었습니다. 예순이 넘어 알게 된 한 청년의 소중한 인연 덕분에 책 읽고 글 쓰는 지금, 이 순간이 참 행복합니다. 나이 들어가면서 글 쓰고 낭만으로 맞이하는 나의 노후는 외롭지 않을 것 같습니다.

참고 사항
1. 〈모니언즈〉는 이솔로몬 작가의 팬덤 공식 명칭입니다.

목차

추천사   005

들어가며   007

1.
그의 책,
내 마음에 스며들다

1 마음속에 피어난 시인의 봄   019

2 꿈을 노래하는 시간   023

3 마음에 도착한 책 한 권   026

4 첫 문장이 말을 걸다   029

5 그리움, 달빛에 새기다   032

6 꿈, 너의 이름으로 부른다   034

7 마음속 풍경을 꺼내다   037

8 괴물은 낮잠 중입니다   040

9 최고가 아니어도 괜찮아   043

10 책에서 시작된 여정   046

11 마음에 담은 이야기, 글로 쓰다   050

2.
보석 같은 그대,
글 속에 스며들다

1 뜨겁게 스며든 문장의 향기　055

2 꿈결처럼 스며든 시간　058

3 고독한 문장, 따뜻한 기억　062

4 추억의 온도, 마음의 기록　065

5 돌아앉은 당신을 기억하며　068

6 밤, 마음이 걷는 길　072

7 아들, 우리도 한잔할까?　076

8 그리움이 문장이 될 때　079

9 너 하나로 충분한 따뜻한 날들　083

10 함께할 때 더욱 특별한 우리　087

11 추억, 글로 피어나다　090

12 너의 고마움, 글로 흐르다　093

3.
글을 쓰며 찾은
찬란한 봄 꿈, 하나

1 뜨겁고 단단한 꿈, 불꽃처럼　097

2 연체된 감정, 너로 치유해　100

3 책과 삶, 꿈을 잇다　103

4 언제나 너의 편이 될게　106

5 이름을 쓴다, 꿈을 담는다　109

6 청춘의 꿈을 글로 일구다, 은반지처럼　112

7 바람에 실려 온 글　114

8 너의 미소, 별처럼 빛나　117

9 만두 속에 스민 엄마의 향기　119

10 생의 설렘과 소멸의 슬픔　122

5.
예순에 시작한 덕질,
작가가 되다

1 첫 고백, 너를 쓰면서 꿈을 가졌어 159

2 문장에 기대어 바다를 그리다 162

3 너와 나, 그 단단함처럼 165

4 길 위의 기억 169

5 푸른 잔디 위, 5월의 성장 이야기 173

6 노래와 인연이 쓴 작가의 꿈 176

7 삶을 쓰다, 정크 아트처럼 179

8 가슴 속 빛을 꺼내 글로 쓰다 182

9 눈치 여행, 글로 빛나다 184

10 추억 속 최상의 봄날 188

4.
글을 쓰며 찾은
찬란한 봄 꿈, 둘

1 아름다운 이솔로몬 127

2 너라는 꽃, 우리라는 길 129

3 너의 글이 나의 글로 피어나다 132

4 엄마의 분꽃, 내 마음의 눈물 꽃 135

5 꿈꾸는 청춘의 노후 설계 138

6 버킷리스트 꿈을 현실로 141

7 믿음으로 달리는 청춘 144

8 아쉬운 낙화, 더 아름다운 시작 147

9 끝난 무대, 여운 속에서 150

10 경계 너머로 흐르는 시간 153

부록
콘서트 후기

1 겨울 병 이야기 195

2 군위 청년 축제에 다녀오다 200

3 대구 북 사인회 마치고 204

4 손으로 써 내려간 것들 208

5 별 보러 갈래? 211

6 계절의 끝자락에서 216

나오며 220

1.

그의 책,
내 마음에 스며들다

1

마음속에 피어난 시인의 봄

✦

시인의 산문집은 일반적인 수필에 비해 대체로 짧고 간결했다. 산문이라기보다 시에 가깝다고 생각했다. 처음 『그 책의 더운 표지가 좋았다』 책을 받아서 들었을 때 편안한 느낌이 좋았다. 작은 책을 두 손으로 감싸면 쏙 들어오는 느낌과 짧은 문장 속의 소박한 언어들이 가볍게 읽힐 것으로 생각했는데 그렇지 않았다. 시인의 말대로 행간의 여백은 범접할 수 없는 비현실적인 심적 공간이었다.

현실로 변하지 않은 시인의 감성이 공간에 그대로 머물러있는 듯했다. 편하게 가벼운 넋두리를 늘어놓을 수 있을지 생각하다가 불쑥 튀어나오는 감정을 억지로 밀어 넣었다. 섬세하게 쓰인 산문시의 언어 속에 감춰진 시인의 바다는 깊이를 가늠할 수 없었다. 글 속에 담긴 감성을 제대로 느끼기 어려울 때가 많았다. 어쩌면 글이 어려워서라기보다, 세대 차이로 인한 감성 차이라고 생각했다.

　그러나 글을 읽을수록 작가의 깊은 감성에 감동하게 되었고, 남다른 시선과 섬세한 표현을 공감하게 되었다. 그의 글을 읽고 사유하면서 청춘을 이해하며 바라보게 되었다. 또 나를 돌아보기도 하고, 옛 기억 속의 청춘을 느껴보곤 했다. 푸른 낭만 바다에 빠져 지나가 버린 나의 청춘을 보듬어 주었다. 그렇게 좀 더 가까이 다가가고 싶은 독자의 마음과 그사이의 미세한 틈은, 시인이 품은 에너지로 조금씩 치유할 수 있었다. 동시에 여러 차례 다시 읽으면서 시인과 걸음의 보폭이 조금씩 좁혀지는 느낌을 받았다. 나 혼자만의 생각이어도 좋았다.

　지금까지 가볍게 읽었던 에세이와 무엇이 다른지 생각해 보았다. 시인의 산문집은 시와 에세이 사이에 있는 느낌. 무겁지 않고 또 가볍지도 않은 산문시 같았다. 마치 양쪽 모두를 취한 매력적인 전략이 숨어 있는 글 같았다. 속마음을 다 보여 주기보다 스스로 찾아 읽게 하는 글이었다. 찰나에 떠오르는 영감을 아름다운 시어(詩語)로 풀어내는 것 같았다. 한편으로는 작가만이 가지는 까다로운 시인의 색깔처럼 여겨졌다.

　시인은 산문집을 잡초 사이 밝히 핀 꽃 한 송이라고 했다. 읽는 사람의 감정에 따라 다르겠지만 나에겐 읽을 때마다 다른 꽃으로 피었다.

카멜레온처럼 꽃의 모양도 색깔도 느낌도 다양했다. 어느 날은 아침 산책길에서 만난 보라색 나팔꽃으로 피었다가 또 어떤 날은 이슬 먹은 빨간 장미꽃 같았다. 나팔꽃처럼, 어른이 되어 만나는 동화 같은 맑은 이야기였다가 열정을 느끼게 하는 청춘의 이야기일 때도 있었다.

산문집에는 작가가 시인 등단하고 가수로 데뷔하기 전 불우했던 시절의 이야기가 담겨 있다. 책 속에 담긴 이야기는 나의 청소년 시절의 추억을 가장 많이 떠올리게 했다. 마음 닿는 문장에서 허접했던 날들이 스쳐 지나갈 때마다 맥없이 눈물이 났다. 울게 했던 글은 다시 읽어도 여전히 복받쳐서 눈물이 흘렀다. 참 묘했다.

시인의 산문집을 필사했다. 그러기에 앞서 '마음을 뒤흔드는 문장을 만났다면 필사하라'는 어느 작가의 말이 생각났다. 필사는 자신과의 대화이기도 하지만 저자에 대한 적극적인 경청이라고 한다. 저자의 관점에서 저자의 생각을 읽다 보면, 나중에는 호흡까지 느낀다고 한다. 필사하면서 시인의 감성과 산문집의 감동을 적극적으로 느끼게 됐다. 또 책 읽는 재미와 몰입도가 점차 높아진 계기가 되었다. 특히 작가에 관해 더 깊은 관심을 두게 되었다.

시인은
독자의 마음 밭에 꽃피우는 정원사와 같다.
아름다운 글로써 씨앗을 나누고
꽃을 피울 수 있게 한다.

독자는
촉촉한 감성을 담아
아름답게 꽃을 피우고,
작가의 마음을 닮으려고 애쓴다.
그리고 꽃씨를 기다리는 마음으로
시인의 산문집을 또 만나고 싶어 한다.

시인의 비현실적 고요와
찰나에서 현실로 이어지는 아름다운 이야기는,
또 이어 우리 가슴속에 활짝 꽃피우고
오래도록 함께 할 수 있다.
시인의 글은 영원하니까.

시인의 봄

2

꿈을 노래하는 시간

✦

첫인상의 호감도는 3초면 결정된다고 한다. 이솔로몬 작가를 처음
본 건 국민가수 오디션 프로그램이었다. 예심에서 팀별로 상경부 잘
하자! 하고 외칠 때였다. 곱상하게 생긴 청년이, 노래하는 등단 시인
이라는 점이 솔깃했다. 마침, 궁금하던 차에 힘이 넘쳐서 좋았다. 결
국 1초도 안 걸린 셈이다. 오히려 늦은 감이 없지 않았다. 처음 보자마
자 빨간 정장 차림과 눈빛에 반해 버렸다는 팬도 있었다. 그에 비하면
나는 늦어도 한참 늦었으니까.

평소 TV를 즐겨보지 않아서 오디션 프로그램이 유행해도 별로 관심
을 두지 않았다. 그러다 끝날 무렵 우연히 보게 되었다. 긴장한 듯한
표정이었지만 자연스럽고 패기가 넘쳐서 다음엔 또 어떤 모습을 보여
줄까 궁금했다.

예쁘장한 외모에 비해 투박한 경상도 말씨가 무척 대조적이었다. 하지만 동글동글하게 이어가는 말솜씨는 세련되고 차분했다. 청년의 또박또박하고 정돈된 말씨는 나이에 비해 성숙했다. 내면을 단단하게 꽉 채운 듯한 매력이 예사롭지 않았다. 게다가 함빡 웃는 미소까지 더해져 귀엽기까지 했다.

이치현 원곡 〈집시여인〉의 전주가 흘러나오자, 무대를 두리번거리는 표정은 마치 만화 영화 주인공처럼 독특하고 묘했다. 이 곡은 발라드곡이지만 가요 느낌의 리듬 때문에 오디션 곡으로 무난할지 걱정이 되었다. 그러나 염려를 불식시키듯이 찰떡같이 숙성된 목소리가 정말 잘 어울렸다. 노래 역시 수준급이었다. 노래가 끝나고 인터뷰할 때 나눈 단정한 말씨와 매력 있는 중저음 목소리는 팬들의 호기심을 자극하기에 충분했다.

마지막 결승 무대를 보게 되었다. 자신의 인생곡으로 정한 임재범 원곡 〈이 또한 지나가리라〉를 듣는 순간 짠한 감동이 밀려왔다. 이전에는 미처 느껴보지 못한 벅찬 순간이었다. 본인의 노래처럼 삶의 애환을 담아 절규하듯 부르는 모습과 객석에서 지켜보고 있는 그의 어머니 표정이 교차하여 더 큰 감동을 안겨주었다.

노래 속에 묻어있는 시인의 감성과 이야기는 다시 떠올려도 참 좋았다. 특히 웃는 모습이 참 예쁘고 어린아이처럼 해맑았다. 노래할 때 미소를 지으면 덩달아 웃게 되고 기분이 좋아졌다. 이솔로몬 작가의 매력은 거기에만 있지 않았다. 더 크게 다가온 것은 〈꿈〉이 명확했다.

불우한 환경을 극복하고 22세에 10년의 버킷리스트를 세우고 실천했다. 10년이 지난 현재 시점에 모두 이루어 낸 것은 정말 놀랍다. 독서와 자기 계발로 꾸준히 자신을 성장시켰다. 유창한 영어 실력을 독학으로 키운 점도 대단하다. 그러기까지 얼마나 힘겨운 시간을 극복하며 견뎌냈을지 짐작이 간다. 다시 세운 버킷리스트의 더 큰 꿈과 목표에 응원과 박수를 열렬히 보내고 싶다.

한동안 이명으로 매우 힘든 날을 보냈다. 하루도 우울하지 않은 날이 없었다. 그러나 아름다운 글과 노래의 힘으로 내 안의 시끄러운 소리를 극복할 수 있었다. 그래서 아티스트 이솔로몬에 대한 고마움은 너무나 크다. 항상 에너지를 듬뿍 받고 위로와 용기를 얻는다.

정작 그대가 조금이라도 외롭고 힘들다면 팬으로서 너무 슬프다. 우리의 에너지였듯이 그대의 에너지가 되고 싶다. 언제까지나 오래도록.

마음에 도착한 책 한 권

✦

오랜 산고 끝에 책을 출간하는 일은 작가로서 최고의 정점이 아닐까. 책으로 완성하기 위해 퇴고를 거치는 일은, 어머니가 잉태하고 산고를 겪는 일과 비슷하다고 생각했다. 좋은 글을 쓰려는 작가의 생각과 어머니가 아기를 품은 열 달 동안 태교를 위해 늘 좋은 생각과 좋은 것만 보려고 애쓰는 것과 닮았다.

글 쓰는 지인을 곁에서 지켜볼 기회가 있었다. 퇴고할 때 어려움을 토로하는 것을 보면 힘듦이 얼마나 큰지 내면을 들여다보지 않아도 충분히 알 수 있었다. 어머니는 긴 산통 끝에 아기의 우렁찬 울음소리를 들으면, 힘들었던 출산의 고통은 잊고 기쁨만 남는다. 작가도 출간된 자신의 책을 보면 자식 같은 느낌이 들 것 같다. 피와 살 같은 글이 녹아 책으로 엮어져 태어날 때 기쁨은 무엇으로도 비교할 수 없을 테니까.

자식 같은 책이 출간을 앞두고 있을 때 열 권 사줄 거라고 했던 친구의 말은 그동안 노고의 위로이자 격려의 말일 테다. 그보다 더 뭉클한 응원의 말이 어디 있을까? 글 속에서는 멀리서 지켜봐 주는 친구의 고마운 마음을 충분히 느낄 수 있다.

가끔 글을 읽고 감정이입이 될 때가 있는데 지금 그랬다. 몇 줄의 짧은 글이지만 잠시 울컥해지는 문장이다. 나도 작가의 입장이 된다면 뿌듯함은 이루 말할 수 없을 것 같다. 누군가 수고로움을 알아주고 격려해 준다면 그 가치는 무엇과도 비교할 수 없으며, 든든한 바위 같은 힘이 될 수 있다.

책이 출간하면 문장 속의 친구가 미소 지으며 바라보고 있을 것 같다. 살아오면서 친구나 가까운 이웃에게 얼마나 따뜻한 가슴으로 대했는지 글에서도 쉽게 느낄 수 있다. 따뜻한 마음이 잔잔하게 감동으로 다가온다.

『그 책의 더운 표지가 좋았다』 한정판을 예약주문 해놓고 기다리는 동안 어떤 이야기가 담겨 있을지 궁금했다. 이미 책 소개가 있었지만, 실체가 없는 전자책이 종이책으로 출간될 때 느낌도 어떨지 무척 궁금했다. 실루엣으로 전해지는 몽환적인 표지와 몇 개의 글이 추가되었다고 하니 더 기다려졌다.

드디어 마음을 따뜻하게 데워줄 책이 도착했다. 양장본의 깔끔한 표지가 귀엽고 예뻤다. 아이를 어루만지듯 쓰다듬었다. 나와 함께 쭉 같이 있어 줄 귀여운 친구다. 아련하게 감춰진 듯하지만, 표지 속 이미지는 시인의 모습과 비슷했다. 아니어도 난 그렇게 생각하기로 했다. 마치 책에서 노래가 들리는 것 같았다.

독자는 책을 주문하면 도착하는 며칠이 더 궁금하고 기다려진다. 빨리 받아서 읽고 싶어진다. '책 나오면 사인해 줘야 해.'라는 말과 '책 받으면 사인받고 싶어요.'라는 말이 겹쳐 묘하게 설렌다. 언젠가는 받게 될 사인을 기다리며, 읽기를 반복할 것 같다.

4

첫 문장이 말을 걸다

✦

글을 쓰려고 할 때 처음 어떤 말로 시작할까는 늘 반복되는 고민이다. 처음 데이트 신청받고 어떤 옷을 입을까? 또 머리 모양은 어떻게 해야 매력 있을까 하고 고민하는 것과 같다. 처음 보는 사람에게 느끼는 이미지는 0.3초에 호감도 여부가 판단될 정도로 민감하다고 한다. 또 3초면 첫인상을 결정한다고 하니 그럴 만하다.

인상이 좋지 않으면 오해받기 좋을 뿐 아니라 내면의 참모습을 발견하기 어려울 수도 있다. 물론 여러 가지 이유로 바뀔 수 있겠지만 첫인상이 그대로 유지될 확률이 절반 이상이 된다고 하니 의미가 크다.

글도 마찬가지로 첫 문장이 주는 매력은 분명히 있다. 처음 여는 문장에 따라 마음 깊이 들어가 공감을 끌어내고 글을 끝까지 읽고 싶게 한다. 첫인상이 좋은 사람은 기억에 오래 남아 다시 보고 싶은 것처럼, 글도 역시 마찬가지다. 그런 의미로 볼 때 난 첫 문장에 실패했다.

독후감을 쓰려고 제목「처음」을 잡고 한 달 가까이 씨름했다. 아무리 째려보고 노려봐도 처음 시작이 안 됐다. 첫 문장을 쓰지 못하는 것은 첫인상처럼 어떻게 잘 보일까 하는 과한 욕심이 넘쳐 스스로 어려움에 갇혀서겠지. 처음이 어렵지 두 번째는 쉽다는 말이 나에겐 안 통하는 것 같다. 매번 어려움을 느낀다.

"글이 떠오르지 않으면 떠오를 때까지 그냥 앉아 있지."

이솔로몬의 방송 인터뷰 중에서

언젠가 그대가 한 말처럼 가끔 흉내를 내본다. 커피 한잔 옆에 두고 한 모금 한 모금을 힘껏 당기듯이 삼키며 애써 본다. 썩 괜찮을 것 같은 언어를 끌어올려 조합해 본다. 곰이 재주부리듯이 어설프고 쑥스러운 단어들이 어슬렁거리며 부끄러운 문장으로 이어진다. 글은 쓰고 나면 언제나 쑥스럽고 얼굴 붉혀질 때가 많다. 그러나 처음부터 굳게 믿었던 생각은 부끄러운 글을 올리는 것도 용기라는 사실이었다.

실수를 모르고 저지른 아이가 아니라, 알고 저지른 아이처럼 못난 글을 쓰고도 감싸주길 바라는 마음도 있었다. 때로는 뭉클한 글은 부족할지라도 비난하지 않으며 공감해 주는 정성과 다정한 위로를 받기도 한다. 이 또한 처음을 사는 마음으로 감싸는 이의 배려라고 생각했다.

오랜만에 어렵게 글을 열고 고마운 이와 사랑하는 이의 아름다운 모습을 떠올리며 몇 자 적는다. 늘 처음 마음처럼 사랑하겠다고.

그리움, 달빛에 새기다

✦

밤새 끙끙 앓았다.
쉬지 않고 새김질하는 소처럼
깊은 잠이 들지 못했다.

파도처럼 밀려오는 그리움을
끝내 밀어내지 못하고
잠과 기억 끝에서 헤맸다.

누운 처마 끝 풍경이
희미하게 달빛 든 천장에 매달려
댕그랑댄다.

감정 기억을 베고서

이리저리 뒤척이다

명치끝에 말문 막혀 돌아눕지 못했다.

겹겹이 쌓인 찰나를

마중물로 끌어올린다.

허상이 그린 무지개 그림자만

우두커니 섰다.

들락거리는 잠결에

몽롱한 달빛만 오락가락하다

지친 시간이

횅한 밤을 꿀꺽 삼키고 말았다.

— 『그 책의 더운 표지가 좋았다』 「새김질」을 읽고 나서

6

꿈, 너의 이름으로 부른다

✦

꿈을 이루는 과정에서, 어려운 환경을 의지만으로 꿋꿋하게 버텨내는 것이 말처럼 쉬운 일이 아니다. 더군다나 어려운 가운데서도 의지로 당당하게 맞서고자 애쓰는 사람에게 격려를 못 할지언정, 찬물을 끼얹고 좌절을 부추기는 듯한 말을 하면, 소신을 지켜가기가 더더욱 어렵다.

큰 꿈은 때로는 상대방이 느낄 때 비현실로 받아들일 수도 있다. 지금은 무엇으로도 증명해 낼 수 없으므로 더욱 그렇다. 자신도 믿기지 않을 수 있다. 현재 처한 상황에서는 불가능할 수 있겠지만, 꿈은 꼭 이루고 싶은 소망이며 염원이다. 지금 내가 글을 쓰고 작가가 되고 싶어 하는 것처럼 말이다. 반드시 이루어야 할 꿈은 도전을 멈추지 않고 앞만 보고 달리되, 진득하고 꾸준해야 이룰 수 있다. 누군가 무심코 뱉은 한마디로 간절히 바랐던 꿈이 퇴색되고 좌절한다면, 패배감과 자존감의 상실은 두고두고 슬픈 일로 남게 된다. 내 꿈을 제대로 알아봐 주고 지켜봐 주는 친구가 있다면, 어떤 힘듦도 죽을 각오로 견디며 걸어갈 수 있을 것 같다. 그런 친구, 그보다 값진 재산이 또 있을까. 대부분 사람은 할 수 있는 것을 잘하면서 살아간다. 그러나 평범하고 보편적인 것을 창조적인 일로 이루어 낸다면, 과정이든 결과든 그 열정에 크게 박수 보낼 일이다.

'너도 할 수 있어.'라는 말이 나에게 하는 말 같다. 작가의 꿈을 펼쳐 나갈 수 있게 용기를 주는 말처럼 들렸다. 하고 싶은 일, 이루고자 했던 꿈을 기어코 해내겠다는 열정이 참 좋다. 더 큰 이유는 기회 있을 때마다 '너도 할 수 있어.'라며 용기 주는 말이다. 재촉하거나 부추기지 않아서 좋다. 진취적이고 당당하며 넘치지도 않는다. 글로써 그냥 보여 준다. 우리의 심장을 살짝 두드렸을 뿐인데 꿈을 꾸게 한다.

그대의 꿈, 잘 지켜줘서 고맙다고 말하고 싶다. 지켜낸 힘은 부드러움에서도 에너지가 모인다. 꿈을 향한 열정적인 모습은 우리에게도 꿈과 용기를 갖게 한다. 예전에는 생각조차 하지 못했던 일이다. 용기 내서 작은 목표를 이루면 서툴러도 하고 싶은 일을 또 하게 되고, 더 큰 목표와 꿈을 갖게 한다. 작은 일이라도 즐겁고 기쁘게 받아들일 수 있다. 꼭 하고 싶었던 일을 할 수 있을 때 망설이지 않고 할 수 있다. 성공의 목표는 결과물이 아니더라도 과정에서도 즐기며 성취해 낼 수 있다.

처음 운전 면허를 취득하고 남편과 시험 운전하던 때가 생각났다. 운전대를 잡고 떨리는 심장으로 영혼 없이 앞만 보고 달렸다. 약 3개월 동안 주차보다 앞만 보고 달리는 초보였지만 자신감은 누구보다도 넘쳤다. 좁은 길에서 자동차를 만나면 느긋하고 당당한 척했다. 하지만 골목길을 막상 들어서면 자신감과 당당함은 어디로 가고 허둥대다가 낭패를 보기도 했다. 그럴 때는 부끄럽고 창피한 생각이 들어서, 좌우 살피며 진땀을 뻘뻘 흘리고 애를 써도 애매한 주차를 하게 된다. 초보 주차자는 대부분 이와 비슷한 공포감을 느낀다.

그때마다 남편은 본인의 초보 시절은 없었던 것처럼 투박한 경상도 말을 마구 쏟아냈다. 번번이 격려보다 호통만 쳤다면 아마 지금쯤 운전하는 것을 포기하고 깨끗하게 장롱면허로 보관될 수도 있었다.

그렇듯이 청소년기에 가질 수 있는 꿈. 소신 있게 지켜가고 있는 목표와 꿈은 우리가 지켜줘야 할 최고의 영역이라고 생각한다. 초보 주차할 때처럼 능숙하지 않더라도 지켜봐 주고 기다려 주는 배려의 마음이 절대적으로 필요할 것 같다. 그들이 좌절감에 빠질지도 모를 꿈을 위해서라도 말이다.

꿈과 열정의 아이콘인 아티스트 이솔로몬. 버킷리스트에 있는 테드 강연에서 훗날 꿈 이야기를 펼칠 때, 청소년 꿈을 어루만지는 위대한 강연자가 되는 즐거운 상상을 해 본다.

7

마음속 풍경을 꺼내다

✦

지금 생각해도 묘한 건 학창 시절 싫어하는 과목 중의 하나가 국어였다는 점이다. 문장이나 단어에 밑줄 긋고 주석을 달고, 주제와 소재를 구분해 내는 것 등은 지은이에게 관심이 없는 만큼, 지루하고 재미없었다. 당시 국어 선생님은 시(詩)를 해석하실 때 입가에 거품이 맺히도록 열강하셨다. 폭풍처럼 열정 넘치던 선생님 모습이 지금도 눈에 선하다.

『엄마, 그러지 말고』 책 속의 주인공이신, 국어 선생님께서 학생들에게 시(詩)를 해석하게 해서 미안하다고 사과하시는 장면을 보며 나의 선생님과 무엇이 다른지 생각해 보았다.

예전의 주입식 학습 방법은 요즘과 아주 달랐다. 그땐 선생님께서 시(詩)를 해석해 주시면 무조건 외우기에 바빴다. 자연히 몸이 뒤틀리고 지루했다. 더군다나 국어 시간을 좋아하지 않았던 나로선 시를 읽고 감성을 느끼는 것이 무엇보다 어려웠다. 시(詩)를 해석한 것에 중점을 두기보다 주인공 선생님처럼 아이들의 느낀 점을 듣고, 공감하고 해답을 이끌어 가는 방법이었더라면 어땠을까, 하는 생각을 해 보았다.

　당시만 해도 형제 많은 우리 집은 경제적으로 어려움이 많았다. 따라서 학업을 유지하고 상급학교를 진학하는 일이 만만치 않았다. 책을 만지는 시간보다 일하시는 부모님을 돕고 동생들을 돌보는 게 우선이었다. 내 경우에는 문학에 관심이 많았지만, 좋아할 마음의 여유가 없었던 상황 탓에 싫어하는 과목이 돼버린 것 같다. 이처럼 비슷한 시기를 경험한 선생님으로서는 정형화된 시(詩) 해석의 학습 방법이 적절하지 않다고 생각하신 것 같다. 그런 마음을 제자들에게 미안함으로 전하려고 하셨다. 사랑하는 제자에게 표시하고 싶었던 선생님의 마음을 이해할 수 있었다.

　읽을 때마다 느끼지만, 시(詩)는 간결한 언어로 표현된 문학이다 보니 나로선 깊이를 가늠하기가 무척 어렵다. 가끔 작가의 숨은 뜻이 뭘까 궁금하지만, 해석도 어렵다. 나 같은 독자는 전문가가 아닌 이상 당연히 본문의 메시지를 이해하지 못할 때가 더 많다.

　고백하자면 작가의 뜻을 이해했다기보다 왠지 모르게 뭉클하게 다가오는 시의 표현이 현재의 마음과 맞아떨어졌을 때 묘하게 감동이

온다. 예쁘고 절묘한 언어 선택도 좋지만, 시인에게 갖는 호감도 역시 빼놓을 수 없을 것 같다. 내 마음도 다 모르는데 하물며 시인의 깊은 내면을 어떻게 알까. 더군다나 절제된 언어로 표현된 글을 어떻게 다 이해할 수 있을까. 다 알고자 하는 것도 이기심일 수도 있겠다.

얼마 전 우연히 어느 시인의 강좌를 듣게 됐다. 시인의 작품을 읽고 각자 본인의 생각과 느낌을 자유롭게 발표하고 그것에 맞게 조언을 들을 수 있었다. 충분하지 않았지만 시를 이해하는 방법을 들은 후론 시를 대하는 마음이 많이 달라졌다.

글을 읽고 글의 주인공이 되어보기로 했다. 의미를 상상해 보고, 대신 내 마음속 이야기를 꺼내 보았다. 지난날을 그림처럼 그려보면서 추억에 잠겨 보기도 한다. 작가의 마음을 상상해 보는 것도 재미있었다. 글이 너무 깊어서 어렵다면 당연하다고 생각했다. 그 후로 시를 읽을 때 어렵더라도 나름 느껴지는 만큼 받아들였다.

학창 시절의 국어 시간이 이제는 진짜 좋아하는 과목이 되었다. 그 시절에는 좋아할 수 없었던 영역이지만, 현재는 블로그와 브런치를 통해서 글을 쓴다. 글을 통해 이웃과 소통하며 가족과 이웃의 진솔한 이야기를 나누고 있다. 말로는 다 할 수 없었던 마음속 이야기를 이곳에서는 할 수 있다. 책을 읽고 글 쓰는 문학소녀가 되어 즐거움을 만끽하고 있는 하루하루가 소중하고 행복하다.

8

괴물은 낮잠 중입니다

✦

괴물이 누굴까. 글을 읽기 시작하고 자명종이라 생각했다가 피식 웃고 말았다. 아니다. 그럼, 누굴까. 내 문해력에 한계가 있음을 절실히 느끼기 시작했다. 가끔 앞뒤 말을 꾹 자르고 묻는 우리 남편의 질문과 비슷했다.

남편과 소파에 나란히 앉아서 테니스 경기를 자주 본다. 함께하는 유일한 취미다. 윔블던 결승 경기에 눈이 뚫어지라 몰입하고 있는데, 훈수하다 말고 남편이 묻는다.

"갖다줬어?"

느닷없는 질문에 대답 대신 눈만 대굴대굴 굴리던 나는

누구한테 무엇을?

곰곰이 생각해도 무슨 말인지 떠오르지 않아 되묻는다.

"아저씨, 나도 이제 늙었다 아이가! 앞뒤 꾹 자르고 말하면 못 알아 듣는다."

지금이 딱 그랬다. 시와 그에 가까운 산문시는 아킬레스건이다. 주어와 목적어가 빠진 글처럼 가장 두려워하는 글이고 해석하기 어려운 글이다. 내면의 세계를 지극히 절제된 언어로 그려낸 문장을 어떻게 풀어낼 수 있을까. 더군다나 MZ세대 글을 제대로 읽고 이해하는 데에는 확실히 한계가 있었다. 굳이 그러지 않아도 될 일이지만 상상력을 동원해서 최소 접점을 찾고 싶은 애독자 마음이다. 글의 전문을 복사해서 아이들에게 띄웠다.

"얘들아, 이 글을 읽고 괴물이 누군가 찾아봐."

느닷없는 질문에 잠자는 괴물이 된 그녀의 정체를 아이들도 알 리가 없다.

달팽이처럼 살금살금 기어 방문을 닫고 빨래를 넙니다.
가능한 괴물의 심기를 건드리지는 않을 예정입니다.

『그 책의 더운 표지가 좋았다』「괴물의 낮잠」 중에서

괴물이 달콤한 낮잠을 즐기는 동안 빨래를 건조기에서 꺼내 직접 넌
다. 오히려 그 순간을 행복하게 즐기고 있는 사람은 누구? 나와 빨래.
누나? 오리무중이다.

세탁기와 건조대의 술술 읽는 글을 보다 보니 나도 상상 속 기차를
타고 있었다. 괴물이 단잠을 즐기는 사이에 디지털 세상을 다녀온 것
같다. 점심 먹고 나른한 오후 한때. 아이스 아메리카노 한 모금을 쭉
들이켜고 달팽이 뚜껑을 덮는다. 살금살금 기어 방문을 넘는 달팽이
를 상상해 보며 괴물의 정체를 잊기로 했다.

9

최고가 아니어도 괜찮아

✦

　사랑에 빠지면 그에게 깃들어 있는 만큼 좋은 모습만 보여 주고 싶어 한다. 남자라면 더 멋있게 보이고 싶을 테지만, 풍기는 모습 자체만으로도 멋스럽고 빛나는 사람이 있다. 물론 여자도 같은 여자가 볼 때 그렇다. 우아하고 향기 나는 사람은 행동이나 마음 씀이 몸에 배어 있고 또 자연스럽게 멋이 우러나온다. 좋은 인간관계를 맺고 괜찮은 사람으로 기억되는 데에도 역시 노력이 필요하다.

　그런 면에서 이솔로몬 아티스트는 계획을 세우고 철저하게 자기관리 하는 모습이 하루아침에 만든 결과가 아닌 것 같다. 당차고 자신감 있는 모습은 함께 하는 동료들 가운데도 유난히 드러난다. 한결같이 또박또박하게 이야기하는 차분한 말씨도 끊임없는 노력의 결과로 보인다.

22세에 10년의 버킷리스트를 세워, 흔들리지 않고 하나씩 차근차근 실천했다는 것은 세대를 떠나 좋은 본보기가 된다. 과정이나 결과를 놓고 봐도 최선을 다한 사람은 최악이 아니다. 부단한 노력과 보석 같은 진심을 채 발견하지 못하고 지나쳐 버리는 사람이 최악이라고 볼 수 있다. 늘 최선을 다하는 사람이야말로 후회 없는 삶을 사는 사람이 되겠다.

첫사랑에 빠졌을 때가 아련히 떠오른다. 그땐 좋은 모습만 보여 주려고 외모에 대해 호기심도 많고 신경을 많이 쓸 때였다. 당시 남자 친구는 대학 진학을 포기하고 홀로 상경해서 직장 생활을 하던 때였다. 시골에서 자랐으면서도 깔끔하고 하얀 얼굴은 멀리서 봐도 눈에 띄었다. 게다가 늘 진지하고 성실한 모습이 좋아서 관심을 두게 되었다. 그리고 시기적으로 무척 어려움을 겪고 있다는 것도 알게 되었다. 그 후로는 좋아하는 마음이 생기고 어려움을 함께 극복해 가면서 차츰 사랑이 싹트기 시작했다.

사랑하는 사람과 어려움을 함께 나누는 것에 대해, 당시엔 「극악스러운 극선」의 글처럼 극선(極善)이라고 생각했을 만큼 당연하게 여겼다. 그러다 남자 친구가 입대한 후에 잠시 멀어지게 되었다. 나중에 안 일이지만, 휴가 기간에 철없는 여자 친구 만나겠다고 당시 동사무소 명부를 열람해서 샅샅이 찾아다녔다고 한다. 그 일은 남자 친구였던 남편에겐 웃지 못할 멋쩍은 추억이 되었다.

참 괜찮은 사람이었는데, 최선을 다하는 진심을 제대로 보지 못하고 더 나은 모습만 꿈꾸었던 것 같다. 지금 생각하면 잘나지도 못했으면서 당돌하게도 극악(極惡)에 가까운 극선(極善)에 회의를 느낀 것 같다. 지금은 매일 보는 사이로 그럭저럭 살고 있지만 하마터면 잠깐의 일탈이 서로에게 상처로 남을 뻔한 일이었다.

어려움을 극복하며 힘든 과정을 함께 겪어온, 사랑하는 가족으로부터 보아온 삶의 진지함을 이솔로몬 아티스트에게서도 느낄 때가 있었다. 더 좋은 모습을 보여 주기 위해 애쓰며 노력하는 것도 그렇다. 더 나은 성장과 발전을 위해서 최선을 다하는 모습이 아름답고 존경스럽다. 최고가 아니어도 최선을 다하는 사람으로, 그 모습을 오래오래 보고 싶다.

10

책에서 시작된 여정

✦

인터넷 검색대에서 장편소설 한 권을 구매했다. 어느 작가가 주관하는 독서 모임의 추천 도서였다. 요즘은 수필집을 주로 읽었던 터라 소설책에는 별다른 관심을 두지 않았었다. 최근까지 목표 없이 손에 잡히는 대로 시간이 났을 때 읽고, 특별히 밑줄 치거나 메모하지 않았다. 그나마 읽었던 많지 않은 책들은 내용이 거의 기억나지 않았다.

지금까지 해왔던 독서 습관을 바꾸기로 했다. 책 관련 블로그나 책방에서 이루어지는 독서 모임의 추천 도서를 우선 읽기로 했다. 또 추천 도서를 읽고 책에서 추천한 도서에도 관심을 가졌다. 세상은 넓고 할 일은 많다더니 읽고 싶은 책도 참 많다.

우선 작은 목표를 실천하기 위해 2023년에는 50권의 책을 읽기로 마음먹었다. 물론 다독하는 사람들에 비하면 웃을 일이지만, 읽는 속도가 느리고 집중력도 떨어져 이 정도의 양도 나에겐 쉽지 않다. 평소에 진득한 독서 습관이 배어있지 않았다. 집에서 책을 읽다 보면 불필요한 시선이 거슬려, 읽다가 멈추기가 반복되면 집중하기 어려웠다. 그럴 때는 구매한 추천 도서를 싸 들고 도서관으로 간다. 읍내에서 자동차로 5분 걸리는 가까운 거리다. 책을 읽기 시작한 후로 특별한 일이 없는 한 빠지지 않고 가는 곳이다. 현관 출입문을 들어서는 순간 그곳이 천국이다. 여름철에는 피서지 같은 편안함이 있어서 책 읽기에 안성맞춤이다.

책을 읽다가 감동적인 글을 만나면 쉽게 지나치지 못하고, 눈을 감아도 머릿속에 맴돈다. 그리운 사람이 보고 싶을 때도 생각나게 하는 글이 있다. 그럴 땐 밑줄을 긋고 뿌듯해한다. 공책에 옮겨 쓰고 다시 새겨 보면서 설레기도 한다. 독서가들이 했던 좋은 독서 습관을 따라 하는 것만으로도 이렇게 기분 좋은 일이 될 줄 몰랐다.

책 읽기를 습관으로 만들기 위해 일과 중 하나로 잡았다. 하루 중 어떻게든 한 줄이라도 반드시 읽어야겠다고 마음먹은 계기는 『엄마, 그러지 말고』를 읽고 독후감을 쓰기로 마음먹은 후부터였다.

책을 읽을 때마다 필사하고, 글을 마주하고 추억하면서 다시 읽는 일이 좋아졌다. 추억하는 일이 많아지니 일어나는 감정도 다양했다. 그리고 책 속의 글이 오랫동안 아른거렸다. 매우 선명했다. 문장을 통째로 먹은 느낌이었다.

내가 쓴 글이 부족하게 느껴질 때가 많았지만, 꾸준한 독후감 쓰기는 책 읽기와 글쓰기 습관을 들이는 좋은 계기가 되었다. 기회가 있을 때마다 독서 모임에 참여해야겠다는 생각도 아울러 하게 됐다.

하루에도 수없이 쏟아지는 신간 서적들은 마음에 와닿은 글이 많다. 감동하고 눈물 흘리게 하는 글을 만나면 고개를 끄덕이게 되고, 공감하며 마음에 새긴다. 가슴에 닿아 잊히지 않는 글은 선명하게 때론 잔상처럼 아른거려 눈물이 나고 가슴이 떨린다. 그렇게 다가온 순간은 인생의 중요한 전환점이 되기도 한다.

홍수처럼 쏟아지는 많은 책 속에서, 보석처럼 빛나는 이솔로몬 작가의 글을 만난 건 더없이 좋은 인연이라고 생각한다. 글을 읽고 또 필사하면서 어쩌다 보는 책이 아니라, 읽고 싶은 마음으로 차츰 바뀌게 되었다. 이처럼 작가의 아름다운 영향력 덕분에 많은 것이 달라졌다.

10년 후 미래를 생각할 때가 있다. 지금처럼 좋은 습관을 잃지 않고 잘 유지하고 싶다. 예순의 길목에서, 열정으로 쓰는 일기는 훗날 나만의 멋진 아카이브가 될 것이다. 이렇게 쓰인 이야기가, 우리 아이들의 추억 속에서 엄마에 대한 그리움이 된다면 그렇게 한 조각의 그리움으로 기억되고 싶다.

많은 팬은 『그 책의 더운 표지가 좋았다』와 『엄마, 그러지 말고』 책을 읽고 감동한다. 서로 인연이 되어 소통하고, 글쓰기 하며 좋은 관계를 만든다. 아른거리는 글로 서로의 우정을 다져간다. 이솔로몬 작가의 선한 영향력으로 글을 쓰게 되어 늘 감사한 마음을 가지고 있다. 예술가로서 이솔로몬 작가는 이미 용(龍) 이다. 모두의 가슴속에 잔잔하게 남아 오래도록 기억될 것이다. 찬란한 날의 용선(龍船)으로. 아니 용(龍)으로 더욱 빛나기를 바란다.

11

마음에 담은 이야기, 글로 쓰다

✦

누구라도 추억 속에 선명한 얼굴로 오래 남아 있다면 추억하는 이와 늘 함께 있는 것과 마찬가지다. 사랑하는 사람. 좋은 사람을 떠올리면 온몸의 세포와 근육이 몽글몽글하게 살아난다. 누군가가 나를 기념하고 추억을 떠올린다면, 나는 그에게 어떤 모습으로 기억될까. 한순간이라도 가슴 한편 사라지지 않는 좋은 사람으로 추억되고 싶다.

그대가 말하는 것처럼 기념하고 추억하는 둥근 휴식 같은 언어는 언제 보아도 참 좋다. 나도 그렇게, 사랑하는 사람에게서 놓치고 있었던 소소한 행복을 되짚어 본다. 기념하고 기억하기 위해 함께하는 모든 사람과 좋은 추억 만들어 가며 그들의 웃는 얼굴, 말투, 목소리를 가슴에 담아야겠다.

오늘 같은 날 햇살이 창문 넘어 깊숙이 들어와 비출 땐, 베란다 그물 의자에 꾹 눌러앉아 커피를 마신다. 네모와 세모처럼 뾰족하게 들어있는 마음이 둥글게 웃고 있다. 무릎에 올려진 책 속에서 보석같이 반짝이는 글들이 하나둘씩 일어난다. 손잡고 너울너울 춤추듯 동화되고, 나도 따라서 추억여행 떠난다. 참 고마운 여행이다.

사람들은 그대의 노래를 들으며 감동의 눈물을 흘린다. 나도 역시 노래 듣다가 복받치면 감정 울타리가 무너지고 가끔 주체할 수 없을 땐 오열하기도 한다. 하지만 노래 못지않게『엄마, 그러지 말고』와『그 책의 더운 표지가 좋았다』두 권의 책을 노래만큼 아낀다. 책은 글을 쓰게 했고, 마음에 담아둔 이야기를 꺼내놓음으로써 살아가는 힘이 되었다.

책 속의 글 하나하나가 눈에 아른거릴 때가 있다. 글의 여백에 낙서하며 위안으로 삼는다. 꺼질 것 같은 심지에 가까스로 불을 켜고 하루를 채우기도 했다. 이렇게 소나기처럼 쓰인 일기는 먼 훗날 그대를 기억할 것이고 '그대로 인해 다시 태어나고 잘 살았다'라는 말을 적고 기념하겠지.

그곳에 가고 싶다.
파도 소리와 달빛만으로도
아름다운 바다, 눈물처럼 반짝이는 모래밭

시인의 생각이 머무는 곳. 나도 시인의 밤을 훔치고 싶다.

– 이솔로몬 블로그의 산문 「시인의 밤」을 읽고 나서

　이솔로몬 블로그의 산문인 「시인의 밤」을 읽었다. 문장 속에서 자음과 모음이 별처럼 쏟아졌다. 처음, 죄책감 없이 시인의 밤을 훔치고 싶었던 순간을 잊을 수가 없다. 그대의 글과 노래가 잃었던 낭만을 갖게 했다. 그렇게 선물처럼 내게 왔다. 모두 기념하고 싶다.

　거대한 날갯짓으로 드넓은 바다를 향해 빠르게 질주하는 앨버트로스처럼, 비상을 꿈꾸는 시인의 노래가 힘찬 에너지로 훨훨 더 높이 날기를 간절히 바란다.

2.

보석 같은 그대,
글 속에 스며들다

1

뜨겁게 스며든 문장의 향기

✦

늘 더운 표지를 가진 책을 제대로 이해하고 싶었다. 삼계탕 열기가
오르는 뚝배기 그릇 같은 표지에 뜨끈하게 속을 풀어주는 책이라니
도대체 어떤 맛일까. 나도 그 맛을 느끼고 싶었다. 책을 여러 번 읽어
도 독후감을 쓰기 전까지 뜨끈한 맛을 이해하기 어려웠다.

섬세하고 간결한 표현은 시를 연상하게 했다. 쉽게 읽힐 책이라 생각
하고 단번에 후루룩 읽어 내려갔다. 하지만 읽은 후에도 여운이 남았
다. 한 번 읽고 작가의 뜻을 이해하기가 생각보다 어려웠다. 스스로 문
해력의 한계를 느끼기 시작했다. 몇 차례 읽으면서 골똘한 생각에 빠
져 버리기도 했다. 그런 생각이 책을 읽고 필사하게 된 계기가 되었다.

『그 책의 더운 표지가 좋았다』 책을 필사하기 시작했다. 책을 읽으면
독자의 입장이고, 쓰기를 하면 저자의 입장이 된다고 한다. 그래서 저

자의 입장이 되어보기로 했다. 이미 전자책으로 여러 번 반복하여 읽었지만, 종이책으로 다시 시작하고 있었다. 무언가에 홀린 것처럼 쓰기와 읽기를 반복했다. 이것이 자음과 모음을 곁들여 문장을 통째로 먹은 느낌인가. 이제 뜨끈한 이열치열의 맛. 덥지만 시원한 맛. 뜨겁지만 시원하게 풀리는 맛을 조금은 이해하게 되었다. 이렇게 쓰기와 읽기를 반복하며 멈출 수 없는 이유가 뭘까를 생각하게 되었다.

글을 쓰기 위해 필사를 했다. 물론 작가에게 진심으로 공감하며 다가가고 싶은 마음이 크다. 그러나 집중력이 문제였다. 전자책으로 읽을 때는 주로 이어폰으로 들었다. 귀로 들었을 때는 생각보다 의외로 집중이 되지 않았다. 예전에 비해 떨어지는 집중력을 끌어올리기 위해 필사를 하면서 생각을 집중하기 위해 노력했다. 글을 쓰기 위해 필사하다 보면 역시 글의 근육이 튼튼해지고 더운 표지 같아질 수 있다고 생각했다. 전자책에서는 아쉬울 수밖에 없는 진한 감동을 종이책에서는 더 많이 느낄 수 있다. 무언가 홀린 듯이 습관처럼 읽고 또 읽었다. 그렇게 책을 읽고 쓰는 동안 다양한 삶의 에세이를 느끼고 이해할 수 있어서 좋았다.

글의 매력은 놀랍다. 자꾸 빠져들게 한다. 그리고 이야기하고 싶게 한다. 어느 순간 멈출지도 모를 이야기를 끄적이게 한다. 어느 작가의 말처럼 앞만 보며 걸을 것이 아니라 담벼락에 핀 작은 꽃들을 바라보는 여유와 관심으로 천천히 함께 걸어가고 싶다. 그 책이 그렇게 내 곁에서 함께 있는 것처럼.

2

꿈결처럼 스며든 시간

✦

『그 책의 더운 표지가 좋았다』를 읽고 찰나에 일어나는 생각들이 있었다. 가끔 철없던 때를 생각하며 웃는다. 첫사랑 하던 때가 생각났기 때문이다. 어쩌면 가장 생 속으로 느끼는 찰나의 생각일 수 있다. 영원히 함께 할 것처럼 첫사랑을 이루고 살아도 사는 동안은 언제나 투쟁이다. 이제는 순수함이 퇴색됐지만 가끔 첫사랑 할 때가 솜사탕처럼 부풀어 오를 때가 있다. 매일 보는 사람이 간혹 밉다가도 첫사랑 때를 생각하면 무뚝뚝한 표정도 듬직하게 느껴진다. 행복했던 순간과 추억을 떠올리게 하는 글을 읽어도 섭섭했던 마음이 사라진다. 그러니 살아지는 것 같다. 유치하다고 생각되지만, 글이 될 수 있을 거로 기대하고 용기 내 끄적여 본다.

'찰나에 느끼는 비언어적 표현'이라니 찰나에 느낄 수 있는 비언어적

교감, 말의 형태조차 잡을 수 없는 것을 생각해 보았다. 보통의 사람이라면 그와 비슷하고 예민한 순간을 분명 겪고 살아왔어도 인지하지 못할 때가 있다. 대체로 사물을 보면 본능적으로 보이는 대로 판단하고 기껏해야 내포된 의미 정도만 관심 있을 뿐이다.

어느 작가는 노숙자의 손가락 펜 혹을 보고, 글을 썼던 사람인 줄 알아차리고 먼저 말을 건넸다고 한다. 이렇듯 보통 사람은, 노숙자를 보면 지저분한 겉모습만 봐도 꺼리게 된다. 그러나 작가의 시선은 남다르다. 무심코 지나쳐 버리기 쉬운 것도 작가의 눈은 찰나를 놓칠 리없다. 예리한 눈초리는 아마 형사도 따라가지 못할 것 같다.

지금처럼 비언어적인 표현들, 감히 유추하지 못하는 남다른 관점의 글을 읽으면서, 마치 아끼는 물건을 잃어버렸다가 되찾은 것처럼 탄성이 나왔다. 시간과 생각의 틈. 찰나에 발현되는 감정들. 나도 어느 순간 느꼈을 테지만 인지하지 못하고 지나친 감정이란 그런 것이었구나 하는 생각이 들었다. 벽에 걸린 그림이 화가의 손끝으로 그려져 소묘의 멈춘 듯 살아 움직이는 찰나가 무채색 명암을 뚫고 뛰쳐나올 것 같다. 어떻게 하면 그런 관점을 남다르게 보고 느낄 수 있을지 생각할수록 섬세한 표현에 감탄한다. 바라보는 관점이 특별한 데가 있다. 노력의 결과일지 아니면 태생일까.

굳이 들춰보면 그와 같은 비슷한 감정을 느낄 때가 있다. 첫아이가 태어났을 때였다. 상상으로만 그리던 창조된 모습의 아기가 품에 안겨있는 것이 아닌가. 신기함은 이루 말할 수 없었다. 천사 같은 모습으로 쌕쌕거리며 잠들어 있는 것이 신기했다. 아기가 젖을 먹는 모습도 신기했다. 동글동글하게 눈코입이 움직이는 것도 그랬다. 엄마와 아기만이 가질 수 있는 교감은 어떤 언어로도 표현할 수 없을 만큼 강했다. 아주 짧은 순간에 일어나는 전율은 화산처럼 뜨거웠다. 그랬던 아기가 어른이 되어 아주 비슷한 경험을 또다시 안겨 주었다. 살아가면서 가장 뜨겁게 감동하게 했던 첫 번째 딸이 자라서 어느새 어른이 되었고, 새 생명을 품었다. 손자는 또 어떤 모습으로 태어날까, 하는 것이었다.

광활한 우주는 우리의 삶을 찰나로 정의했다. 더 짧은 순간에 벌어지는 일은 신비로웠다. 눈망울은 누구의 닮은 모습일까. 코는 오똑할까. 옹알거리는 입은 또 어떻게. 그렇게 기대하며 기다리는 설명할 수 없는 시간이 참 좋았다. 내 속으로 낳은 아기에게 가졌던 설렘 이상이었다. 글로 표현하는 것조차 고통으로 여겨질 정도였다. 내리사랑이라는 말을 처음으로 실감하고 이해하게 되었다. 부모로부터 씨줄과 날줄로 엮어진 아름다운 탄생은 어떤 조화도 초롱초롱한 눈망울과 크림색 아기살을 만들어 내지 못한다. 신비로움을 말로 다 표현할 수 없으며 경험에 의해서만 존재한다.

그렇게 탄생한 손자들과 손녀는 커가면서 품에 안기는 것을 무척 좋아한다. 내 첫아이를 품에 안았을 때와 같은 파동을 느낀다. 꼭 안으면 심장으로 전해지는 사랑의 온도를 느낄 수 있다. 아주 선명하게. 소우주를 안은 것처럼 든든하다. 찰나에서 느낄 수 있는 말로 표현할 수 없는 아름다움이다. 첫사랑도, 행복과 슬픔으로 맞이했던 순간. 설레게 했던 아름다운 순간도 모두 꿈결 같다.

3

고독한 문장, 따뜻한 기억

✦

글이 마음에 들어 손으로 꾹 찍어두었다.
시가 마음에 들어 엄지로 지장을 찍었다.

『그 책의 더운 표지가 좋았다』 「지장」 중에서

25년이 지난, 오래된 이야기지만 지금까지 쉽게 잊히지 않고 지장
처럼 남아 있는 글이 있다. 초등학교 1년생인 아들 덕에 당시 인기 소
설책의 독후감을 쓰게 되었다.

책은 김정현 님의 『아버지』로, 주인공 아버지는 평범한 직장인이었

다. 어느 날, 친구인 의사로부터 췌장암 진단으로 3개월의 사형선고를 받는다. 가족의 관심 밖에서 고독과 외로움으로 투병 생활을 하다 우연히 만난 여인에게 잠시 사랑을 느끼며 위안을 받는다. 그 후 삶의 끝에서 가족의 사랑을 되찾지만, 남은 삶을 안락사로 선택하고 조용하게 죽음을 맞이하며 끝을 맺는다.

개구쟁이 아들의 학부모에게 내민 독특한 숙제였다. 불쑥 내민 담임 선생님 제의에 거절할 수 없었고 고민할 틈도 없었다. 한창 인기 책의 유명세로 뜨고 있어서 호기심 갖고 읽었다.

그 당시 글을 읽으면서 심장이 뛰고 오열했던 기억이 지금도 생생하다. 워낙 지장처럼 강하게 남아 있던 글이라 잊히지 않는 처음이자 마지막 독후감이었다. 책장을 덮고 오랜 시간이 지났다. 여전히 머릿속에 맴도는 글을 되새기다 보면 마치 영화처럼 주인공의 고독과 외로움이 어렴풋이 느껴진다. 독후감을 쓴 경험은 글쓰기에 많은 도움을 주었다. 틈만 나면 무언가 끄적이기 좋아했다. 가끔 남편에게 기쁨을 주기 위해 그럴듯하게 연애편지 쓰기도 했다. 얼마 동안 그렇게 보낸 시간이 재미있고 행복했다. 특히 가을을 좋아해서 하늘. 구름. 나뭇잎이 물들어 갈 때도 그랬고, 비 오는 날이면 나도 모르게 시인이 되기도 했다. 낙서하듯이 쓴 글이 공책에 먹물처럼 번질 때는 설렐 정도였다.

지금까지 모두 통틀어 사색이 가장 깊었던 때가 그때였다. 가을 단풍이 깊게 물들면 깨알 같은 글이 시인의 가슴처럼 부풀어 올랐다. 그때마다 부푼 글들이 지면 위로 쏟아질 것 같아도 이내 파편처럼 부서져 사라지곤 했다. 참 오랜만이다. 그때처럼 설레는 시간이 많아졌다. 우연한 기회에 친절한 책을 접했고 한풀이 하듯이 글을 읽고 쓰기 시작했다. 글을 읽으면 생각이 깊어지고, 글을 따라가며 한숨처럼 내뱉던 말들이 환희심으로 가득 찼다. 지금, 이 순간이 참 고마운 이유가 오래전 그때와 비슷했기 때문이다.

글 쓰고 노래하는 음유시인으로서, 흔들림 없이 자신을 가꾸고 노력했을 순간이 책 속의 다섯 줄 글에 조심스럽게 그려진다. 다 이해할 수 없지만 문장보다 더 큰 여백이 그렇게 말하는 것처럼 느꼈다. 나는 글자 하나하나에 눈으로 도장을 찍고 가슴으로 읽고 설렘을 채우는 방법을 배웠다.

4

추억의 온도, 마음의 기록

✦

'나의 젊음과 행복과 추억과 아름다웠던 관계들과 이별을.' 도량의
귀퉁이 소각장에서 날려 보낸 젊은 날의 이야기와 옷과 신발에 관한
글이다. 아끼던 물건을 정리하며 청춘을 떠나보낸 이가, 내가 블로그
에 올린 글에 화답하며 쓴 글 중의 일부이다. 글을 읽으면서 왜 코끝
이 찡했는지 알 수 없지만 분명히 공감되는 부분이 있었다. 마치 청춘
을 장례 치르듯 젊은 날의 아름다운 이야기는 떠나보냈지만, 정작 마
음마저 다 떠나보낸 것은 아니었다. 이별이든 청춘이든 잊히기보다
잊기가 더 어려워 보인다. 내게 필요해서라기보다 내 마음속에 살아
있는 그것을 오래도록 기억하고 싶기 때문이다.

나는 처음 모니언즈가 되고 이전과 다른 세계에 살고 있다. 사물이

아닌, 사람에게 집중하는 일은 많은 것을 달라지게 했다. 오랫동안 습관처럼 지켜왔던 일상이 흔들렸던 일. 삶의 에너지가 폭풍처럼 일었던 일은 생활 반경이 바뀌었을 뿐 아니라 자연스럽게 주변 정리가 되었다. 취미나 친구들까지 정리가 되고 삶의 영역이 많이 달라졌다. 그렇다고 본질을 바꾼 것은 아니다.

　가끔 운동화 끈 고쳐 매듯이 발아래부터 천천히 훑어보면서 나에게 말해본다. 열정인 거 맞아? 오지랖은 아닐까? 스스로 질문을 던지며 이내 우울해진다. 혼돈된다. 이유를 생각해 봤다. 인정하고 싶지 않지만, 물리적인 세월의 무게로 느끼게 되는 어쩔 수 없는 자신감 부족인 것 같다. 이 못난 자신감 부족만은 정리하고 싶은데 잘되지 않는다. 혹 모자라거나 넘치지 않았는지 조심스럽고, 생각을 다 꺼내 보이기 부끄러운 것도 아마 그 때문인 것 같다. 마음 안에서 빛은 반짝이고 있는데, 어루만질 줄 몰라 쩔쩔매고 있는 것 보면 그렇다.

나는 그게 아쉬워 종이에 사람들의 이름을 적어두곤 했었다.
이름과 장면, 그림자와 냄새까지

『그 책의 더운 표지가 좋았다』「정리된 사람」 중에서

아름다운 글과 수없이 들어도 싫지 않은 노래를 오래 들을 수 있어서 청춘은 좋겠다는 말. 없는 듯 멀리 뒤에서 과연 얼마나 더 응원할 수 있을까 하고, 세월의 무상함을 토로하며 애틋하게 전하는 말.

이 모두가 아쉬워서. 외롭게 느껴져서. 표현해 보고 싶어서 건네는 사랑의 방법일 수 있겠다. 하나씩 알아가는 사랑하는 모습이 예쁘고 또 예쁘다. 소각장에서 날려 보낸 젊은 날의 아름다운 이야기를 되찾을 수는 없지만, 이제부터 만들어 가며 기쁨으로 키워 나갈 수 있다.

언제라도 모니언즈가 그대 마음에 살고 있다는 말이 머릿속에 맴돈다. 우리 오래 기억하고 오래 담아두고 싶다. 그리고 정리라는 단어를 바람으로 날려 보낸다. 멀리.

5

돌아앉은 당신을 기억하며

✦

　오후 햇살이 빗살처럼 쏟아진다. 카페 구석으로 다가가 창가에 자리 잡고 유리창에 비스듬히 기대앉았다. 아직은 한산했다. 이 시간이면 내가 앉는 자리는 항상 정해져 있는데 거의 비어 있을 때가 많다. 마침, 한참 비었었는지 햇살이 꽉 차서 따뜻했다. 앉자마자 창밖을 바라보았다. 주먹으로 턱을 괴고 넋 놓고 있다가 깜빡 졸았다. 어느새 햇살에 취해 있었고 커피는 차갑게 식어있었다. 그 바람에 오늘이 최근 들어 가장 추운 날이라는 걸 잠시 잊고 있었다.

　길 건너 마주 보이는 버스 정류장 부스 안에 있던 중년의 아저씨는, 버스가 멈출 때까지 나올 생각 안 하고 발만 동동 구르고 있다가 놓치고 말았다. 피식 웃음이 나왔다. 오래전 20대 때 초반, 출근할 때였다. 뿌연 연기를 꽁무니에 매달고 출발 준비하는 버스 놓치지 않으려고 죽을힘 다해 뛰던 생각이 났다.

"나 왜 이러지? 5분 일찍 서두르면 되는데."

매번 다짐해도 번번이 작심삼일이었다. 아픈 아버지는 그런 딸을 매일 지켜보았다. 아침마다 총총거려도 무덤덤하게 바라보았다. 오히려 뛰다 넘어지지 않게 조심하라는 당부만 했다. 그럴 때마다 배를 문지르며 인상을 쓰고 있다가도 배웅하려고 억지웃음을 지어 보였다. 안방 장롱 앞은 아버지의 고정석이다. 언제나 그 자리에 앉아서 뛰지 말라고 손을 젓고는 이내 돌아앉는다. 별 보고 나갔다가 별 뜰 때 돌아오는 딸에게 빠지지 않고 하는 아버지의 따뜻한 배웅 인사였다. 매일 아침 그렇게 아버지의 뒷모습을 보면서 출근했다.

나는 열세 살 터울의 막내 여동생이 태어나기 전까지 아들 많은 집의 외딸이었다. 아버지 형제 통틀어도 딸이 귀해서 본의 아니게 귀여움을 받고 자랐다. 그런데 문제는 눈만 반짝거렸지, 지나치게 깡마른데다 작고 약했다. 국민학교 1학년 꼬맹이 시절, 나보다 키가 조금 더 큰 같은 반 아이는 볼 때마다 괴롭혀서 늘 공포의 대상이었다. 괴롭히기 위해 기다리고 있는 아이 같았다. 수업 끝나고 어디든 길목을 지키고 있다가 때리고 줄행랑을 쳤다. 그런 반복적인 행동이 무서웠다. 툭하면 울면서 집에 갈 때가 많았다.

십여 분 거리를 겁에 질려 뛰어왔을 딸을 생각하면 아버지도 대책을
세워야 했다. 수업 마칠 때가 가까워지면 아버지는 창문 너머 벽에 비
스듬히 기대어 교실 창가 쪽을 보고 계셨다. 그러자 소문이 퍼졌는지
괴롭힘은 사라지고, 전과 다르게 아이들의 관심이 커졌다. 그 후로 아
버지가 그곳에 서 있는 것만 봐도 든든한 보호막이었다.

학교 갈 때는 오빠 손잡고 당당하게 갈 수 있었고, 수업을 마치면 아
버지 손잡고 집에 갈 때가 가장 행복했다. 그렇게 매일 아버지 손잡고
학교에 다니고 싶었다. 지금은 웃고 말 일이지만 그땐 트라우마였다.
지금이나 그때나 학교생활에서 힘없고 약해 보이면, 간혹 괴롭힘의
대상이 될 수 있겠다고 생각했다. 가끔 두려움의 대상이었던 친구가
궁금할 때가 있다. 하지만 초등학교를 졸업하고 지금까지 친구를 한
번도 만난 적이 없다. 더군다나 동창 중에도 친구의 소식을 아는 사람
은 아무도 없었다.

정류장 부스 옆에 한쪽 어깨가 잘린 벚나무가 서 있다. 새카만 껍질
을 감싸고 웅크린 듯한 모습이 격렬한 바람으로 인해 더 차갑고 춥게
느껴졌다. 겨울잠 자다 억지로 깬 것처럼 한쪽까지가 구부정하게 흔
들리고 있다. 곧 부러질 것같이 위태롭다. 그래도 지난봄까지 버스 정
류장 곁을 지키고 서서 꽃비 뿌리고, 가로수로서 나름대로 역할하고
운치가 있었다. 자칫 휘어진 가지가 꺾일 것 같다. 곧 꽃이 피는 계절

이 다가와도 꽃 몽우리조차 피워보지 못하고 잘려버린다면 볼품없는 나무토막으로 남을 게 뻔했다.

어깨가 꺾여 버린 나무가 아버지의 뒷모습과 닮았다. 『엄마, 그러지 말고』의 「낙화」에서, 벚꽃은 우리 생의 이면을 단편적으로 보여 준다고 했다. 벚꽃이 피고 지는, 짧은 청춘이 사라진 벚나무의 생애는, 마치 꽃 피는 화려한 시절은 가고 어느 순간 다 저버려 돌아앉은 아버지의 뒷모습과 닮아있었다. 뒷모습에는 늘 신음이 들렸다. 아련한 아버지의 굽은 등이 지금 생각해도 애틋하다.

마음에는 항상 엄마라는 이름의 감정만 진하게 내장되어 있었다. 정작 아버지의 묵직한 감정은 돌아보지 못하고 살아온 것 같아서 미안한 마음이 든다. 잠시 조는 틈을 타 나른해진 기억 속에서 걷어 올린 아버지란 이름. 식어버린 커피도 차갑게 느껴지지 않을 만큼 몸과 마음이 따뜻해진다.

꿈속에서도 만나지 못했는데, 그곳에서는 아프지 않냐고. 보고 싶다고 말하고 싶다. 지금도 선명하게 남아 있는 아버지의 굵고 선한 눈동자로 애써 짓던 엷은 웃음이 유리창에 번진다.

6

밤, 마음이 걷는 길

✦

　가을 끝에 비가 내릴 때마다 겨울은 한 걸음씩 더 가까이 다가온다. 시간은 나이대의 숫자만큼 속도가 붙는다더니 겨울이 특히 더 그렇다. 아침에 눈을 뜨고 잠시만 허둥대면 짧은 하루가 지나고 금세 밤을 맞이한다. 시골의 밤은 왜 이리도 길고 또 깊은지 읍내를 조금만 벗어나도 고요하게 암막을 두른 듯 적막하기만 하다. 때로는 이 분위기가 겨울의 제대로 된 맛이다. 빛은 밤이 깊어야 더 곱다. 이런 밤이 좋다. 더 어둡고 깊은 이 시간이 좋다. 겨울밤 운치가 참 아름답다. 멀리서 바라봐도 제각기 흩어져 반짝이는 불빛이 총총한 별처럼 곱다.

　결혼해서 처음으로 부모님 곁을 떠나 지금 사는 곳에 왔을 땐 무척 낯설었다. 본래 낯가림이 심했던 터라 새롭게 사람들과 사귀는 것이 어려웠었다. 한적한 주위 환경은 사계절 어느 하루도 그다지 문제가 되지 않았다. 고개를 들면 손에 잡힐 듯한 하늘과 구름과 산의 풍경만 봐도 위로가 되어 좋았다. 겨울밤이 문제였다. 그때는 우리 집골목에 가로등이 없어서 밤이 더 깊게 느껴졌다. 초저녁에도 골목길을 거쳐 큰길로 나오려면 캄캄한 미로를 걷는 것 같았다. 어둠이 짙어 땅바닥이 보이지 않을 땐 차라리 눈 감고 걷는 것이 더 나았다.

짧은 골목길은 둘러봐도 방향감각을 알 수 없을 정도로 어둡고 캄캄해서 해가 지면 밖에 혼자 나오는 일이 거의 없었다. 가끔 그런 밤을 가족과 함께 쏘다니고 싶을 때가 있었다. 문득 부모님이 생각날 땐 가족을 졸라 동네 여기저기 기웃거리며 돌아다녔다. 결혼할 때까지 집을 떠나본 기억이 없었다. 젖먹이 어린애처럼 밤이 되면 엄마 생각이 더 났으니, 철은 없었다. 시골 생활이 익숙해질 법한데 부모님이 생각날 때마다 훌쩍거렸다. 눈물 제조기처럼 버튼만 누르면 눈물이 났다. 특히 비 오는 날이 심했다. 우산을 때리는 빗소리 덕분에 어머니 눈치보지 않고도 꺽꺽거리고 크게 울 수 있어서 좋았다. 물론 원했던 시골 생활이지만 너무 멀리 계시고 자주 뵐 수 없는 부모님이어서 더 그리웠다. 그때 생각하니 철없는 눈물이 흐른다.

어느 날 만삭의 몸으로 절뚝거리며 벽을 잡고 걷고 있는데, 할머니 한 분이 다가오셨다. "새댁이, 몸도 무거운데 다리까지 불편한가 보네. 내가 잡고 집까지 데려가 줄까?"

그때 무좀이었는지 알 수 없는 이유로 양 발바닥에 물집이 풍선처럼 부풀어 올라 걸을 수가 없었다. 아마 할머니는 약국에서 절뚝거리며 나오는 모습을 몇 발짝 뒤에서 지켜보신 것 같았다. 망설임 끝에 조심스럽게 말씀하셨다. 눈물이 왈칵 쏟아질 뻔했다. 고맙다는 말로 대신하고, 혼자 천천히 걸어오는데 어찌나 서러웠던지 지금도 잊히지 않는다. 「소화 은행」의 글을 읽고 그때 생각이 났다. 다시 떠올려도 눈물이 난다. 도랑의 물이 넘쳐 물길을 트면 멈출 줄 모르고 흘러가는 것처럼 지금이 딱 그렇다.

감정에 치우쳐 글의 분위기와 다르게 두서없이 흘러가고 있다. 주인공 아저씨가 건넨 염려의 말이 생각으로 이어져 소화 은행 길을 오게 했는지, 잠이 오지 않는 밤 무작정 나선 발걸음이 그곳에 오게 했는지 알 수는 없지만, 필자의 현재 심정은 알 것 같다. 나도 비슷한 상황일 때가 있어서 자연스럽게 공감이 간다.

사람은 작은 것에 더 큰 감동을 할 때가 있다. 작지만 안에는 커다란 마음이 들어있기 때문이다. 따뜻한 배려의 말이 상대방에게 인생을 바꾸는 계기가 될 수 있어서다. 어쩌면 작년에 함께 했던 아저씨의 끈끈한 위로가 자석처럼 이끌려, 소화 은행으로 발길을 돌리게 했는지도 모르겠다. 나도 그런 사람이 되고 싶다. 세월이 흘러도 가슴속에 따듯한 사람으로 기억되었으면 좋겠다. 사람은 누구나 힘들고 어려울 때 내민 손을 더 따뜻하게 여기고, 말 한마디에 온기를 느낀다. 「소화 은행」을 읽고 정작 가슴속에 따뜻함을 품고 있는지 되돌아보았다.

요즘 책을 읽거나 일상을 보내며 일과를 글로 옮기고, 솔직하고 착해지는 법을 배우고 있다. 솔직하지 않으면 글은 위선이 되고, 착해지지 않으면 사물을 따뜻한 시선으로 바라볼 수 없기 때문이다. 더군다나 습관이 되어 있지 않으면, 주인공 아저씨가 했던 말처럼 따뜻한 배려의 말을 한마디도 할 줄 모르는 사람으로 살아갈 것 같았다. 다행이다.

지금처럼 제법 쌀쌀하고 늦은 겨울밤. 느리게 또는 빠르게 걷다 소화 은행 길 앞에 멈춰 서서 무언가 깊이 생각에 빠진 듯한 멋진 청년을 상상해 본다. 다시 걷는 길이 더 이상 고독한 길이 아니라, 아름답게 추억할 수 있는 길이 되었으면 좋겠다. 아름답고 멋진 그대가 언제까지나 쭈욱 행복했으면 좋겠다.

7

아들, 우리도 한잔할까?

✦

술 한잔하자는 어머니의 말에는 곁을 든든하게 지켜주고 의지하던 아들을 객지에 두고 가는 무거운 마음이 애틋하게 전해진다. 아마도 애써 담담해지려는 마음과 이별을 받아들여야 하는 외로움이 한꺼번에 밀려왔을 것 같다. 비슷한 나이의 아들을 둔 엄마로서 공감이 되고 뭉클해진다.

하지만 팬으로서 꿈을 정립하고 자신을 단단하게 가꾸고 실천해 나가는 그대의 모습을 보면 걱정과 염려보다 오히려 든든해진다. 그러나 누구보다 큰 믿음을 갖고 계실 어머니지만 아들을 두고 떠나는 아쉬움은 누구보다도 크다. 모든 면에서 명확한 꿈과 확고한 의지를 다지고 상경했으리라. 하지만 미래가 불투명했을 당시에는 부모로서 뭐라도 챙겨주지 못하는 안타까운 심정은 말해 무엇하랴. 술 한잔의 의미는 그런 마음이 담긴 사랑이 아닐까.

어쩌다 기회가 있어서 한 잔 마시면, 술은 온몸의 신경세포를 털털하게 해주는 면이 있다. 가끔 한 번쯤은 붉게 물든 속마음을 말랑말랑하게 털어내고 싶을 때, 술 한잔이 주는 화학적인 반응이 싫지 않다. 희한하게도 누구라도 마주하면 속 깊은 이야기를 꺼내 서로 따뜻한 마음을 나눌 수 있는 용기가 생긴다.

어머니의 애틋한 마음을 아들은 알고 있을 것이다. 믿음 반 걱정 반으로 그리 만만치 않은 낯선 서울이지만, 아들을 두고 가는 어머니의 심정은 말로 표현하지 않아도 충분히 느낄 수 있다. 누구라도 그 상황이 되면 못 마시는 술이라도 한잔하고 싶어진다. 서로를 안심시키고 다독이며 많은 이야기를 나누면서 위로받고 싶기 때문이다.

내 경우도 시골 생활하면서, 아이들이 고등학교 진학하면 자연스럽게 독립시켰다. 지금까지 애틋한 마음은 늘 있어도 술 한잔하면서 서로 진지한 시간을 자주 갖지 못했다. 으레 떨어져 지내는 자식으로 여기고, 독립해서 스스로 꾸려가는 인생이라고 당연하게 놓았었다. 글을 읽는 동안 우리 아이들한테 미안했다. 독립을 시켜놓고 최선의 학습이라고 여기며 소홀했던 부분은 없었는지 되돌아보았다. 정답은 없겠지만 자식이 원하는 사랑의 모양이 서툴 수도 있으나 부모 마음의 밑바닥에 깔린 것은 오직 자식 걱정과 한숨, 그리움이 아닌가. 무소식이 희소식이라며 며칠 소식이 없어도 잘 있겠거니 하던 마음이, 갑자기 아들 소식이 궁금해진다. 곧 아들이 오는데, 카페로 갈 것이 아니라 아들이 좋아하는 불고기 만들어서 술 한잔해야겠다. 털털해진 마음으로 무슨 이야기든 나누며 웃고 떠들고 싶어졌다.

"아들, 우리도 한잔할까?"

잔잔하게 그림으로 다가오는 아들의 모습이 기다려진다.

8

그리움이 문장이 될 때

✦

「점멸등 깜빡이는 동대구역 신호등 앞을 건너지 못하는 밤 하나」의 제목에서 이미 감정선이 무너졌다. 먼 추억이 떠올랐다. 한 번도 떠나본 적 없는 집을 떠나기 전날 밤 내 엄마도 그랬다. 비에 젖은 길바닥으로 붉게 쏟아진 점멸등처럼 눈이 발갛게 반짝였었다. 그때 엄마는 속으로 울고 있었다는 것을 알고 있었지만, 눈물이 터질 것 같아서 모른척했다. 볼도, 아니 손도 만져주지 못했다. 때마침 지난밤부터 비는 어찌도 그리 철벅거리고 내리는지 이미 오래전 일인데 어제처럼 생각났다. 엄마한테 너무 미안해서 비를 핑계 삼아 펑펑 울었다.

효심이 다정하게 녹아 있는 글을 읽고 부끄러운 생각이 밀려왔다. 제때 철들지 못한 딸로서 부모님께 좀 더 다정하지 못했던 지난 일들이 후회됐다. 엄마는 8남매 중에서 혼자 멀리 떨어져 있는 맏딸이 걱정되어 늘 기도드린다고 했다. 엄마의 말씀을 항상 가슴에 담아두고 살았다. 그러나 멀다는 핑계로 자주 뵈러 가지 못했다. 돌아가시고 나니 후회되는 것이 많았지만 모두 소용없는 일이 되었다. 엄마를 그리워하고 눈물 흘릴 때가 많아도, 뼛속까지 엄마를 진심으로 그리워했는지, 또 사랑했는지 되돌아보았다. 이제야 나이 든 자식은 철들었을 때부터 지난 기억을 더듬으며 뒤늦은 후회를 하고 있다.

엄마는 어머니를 일찍 여의고 유일한 혈육의 오라버니와 생이별해야 했다. 어렵고 힘들게 성장한 엄마의 고단한 삶을, 나는 20대 초반의 성인이 되고 우연히 알게 되었다. 서울 마포의 좋은 집이었고, 대기업에 다니는 유능하고 잘생기기까지 한, 나이 차이가 많은 동생인 두 외삼촌이 계신다. 그에 비해 곱디고운 착한 엄마가 무학인 것이 의아했다. 글을 모르는 엄마는 소심하고 수줍음이 많았다. 엄마가 어린 시절에 어두움이 많았음을 진작에 알지 못했다. 어릴 때부터 왠지 외갓집에 가면 낯설게 느껴졌었다. 그러나 이유를 어렴풋이 알게 된 후로도 쉽사리 드러내놓고 헤아려 드리지 못했다. 그대가 어머니의 세세한 마음을 보여 준 글이 스스로 돌아보게 했다, 그런 나 자신이 한없이 부끄러웠다.

어머니의 외로운 시간을 자상하게 보듬는 손길이 참 따듯하게 느껴졌다. 나도 따라서 따뜻하게 물든다. 그러니 슬픔도 꼭 슬프지만은 않은 것 같다. 슬픔을 가지고만 있는 것이 아니라 행복으로 바꾸는 노력도 꼭 필요하다. 어느 땐 다 큰 자식이 헤아려 주는 말이, 남편이 잡아주는 손길보다 따뜻하게 느껴질 때가 있다. 부모는 나이가 들면 그만큼 자식에 대해 기대가 크다. 애틋한 부모의 외로움과 고단함은 이미 흘러간 구름이며 지금 그대가 누려야 하고 가꾸어 가는 미래는 10월의 청명한 하늘과 같다. 밝은 꿈과 희망으로 살아가는 모습만 봐도 충분히 행복감을 느끼실 것 같다. 부모 마음은 다 비슷할 거니까.

글에 묻어있는 감정을 천천히 들여다본다. 깊고 진솔한 이야기를 만나고 또 진심을 느끼고 알아가면서 함께 할 수 있는 건 글의 힘이라고 생각한다. 모든 그리움에 다 다가갈 수 없는 마음을 글로 전하고 받을 수 있는 건 위대하기까지 하다. 어머니를 향한 마음을 말이 아닌 글로써 접했을 때 어떤 마음이 들었을까. 말로 다 할 수 없는 이야기를 글에 담아 든든하게 안아주는 자식을 보고 어머니는 얼마나 행복했을까. 보지 않아도 행복한 마음을 고스란히 느낄 수 있다.

부모 입장이 돼 보니 아이들에게 거는 기대가 커지고, 아이들의 진심이 뭘까 하고 궁금할 때가 많다. 하지만 아이들도 마음을 다 표현하지 못할 때가 있을 거니까 언제나 멀리서 평소의 마음 씀으로 가늠하고 있다. 지금까지 그대의 글을 통해서 많은 생각을 반추하고 기록해 가고 있는 즈음이다. 자식의 숙명이라 여기며 어머니의 애틋한 마음을 표현했던 글처럼 나도 아이들을 향해서 마음을 내어 자주 표현하려고 한다. 얼마의 시간이 흐른 후에도 서로의 마음을 진심으로 그리워할 수 있게.

9

너 하나로 충분한 따뜻한 날들

✦

'네가 선물이야. 엄마는 평생의 선물을 다 받은 거야. 너로 충분해!'

이제는 어엿한 성인이 된 아들에게 기회 될 때마다 하는 말이다. 하얀 겨울 어느 날, 아들이 선물처럼 내게 왔다. 아들을 가졌을 땐 몸이 좋지 않았다. 아픈 엄마를 의지해 태중에 스스로 뼈와 살을 키워내려고 안간힘을 썼다. 그렇게 바깥세상을 꿈꾸던 아기는 반복되는 공포와 두려움으로부터 세상 밖으로 나왔다. 몸이 제대로 갖추지 못한 깃털같이 여린 아기가 엄마의 안정된 심장 소리보다 생사의 갈림에서 공포와 두려움을 먼저 겪어낸 아픈 손가락이었다.

태어나자마자 엄마 품에서 꿀잠 자고 무럭무럭 커야 할 시기에 밤마다 두려움을 토해 냈다. 그렇게 매일 밤낮을 가리지 않고 자지러지게 울다가 밤새우는 날이 많았다. 크면서 심신이 불안정한 아이처럼 늘

산만했다. 심지어 여섯 살 무렵엔 미술 학원에서 3일 만에 거부당하는 일도 있었다. 아들은 무척 여리고 착했다. 하지만 말을 배우기 시작하고, 지나친 호기심과 결벽증이 나타나기 시작했다. 초등학교에 입학하고, 미술 시간에 그림 그리다가 크레파스가 손에 조금만 묻어도 곧바로 씻지 않으면 몹시 힘들어했다. 아들이 견디지 못하고 울어버릴 때마다 나는 무너졌다. 그렇게 나 자신을 일으켜 세울 수 없을 만큼 힘들 땐 아무 말도 못 하고 돌아서서 눈물만 흘렸다.

아들이 부지런히 크길 바랐다. 그때마다 빨랫줄에 널린 바짓가랑이가 언제나 길어질까, 하고 얼른 쑥쑥 자라주길 바랐다. 건강하지 못했던 엄마 때문이라는 생각이 들었고, 아들에게는 죄책감에 늘 미안했다. 또래보다 언어 발육이 늦은 것도 걱정이었다. 그렇지만 칭찬을 아끼지 않았다. 받아쓰기 20점 맞아도 '참 잘했어요! 사랑한다!'라는 말로 힘과 용기를 주었다. 꼭 안아주며 공부 잘하는 아들이 아니어도 좋으니 건강하게만 잘 자라주길 바랐다. 그렇게 아주 작은 희망으로도 엄마 품에서 칭찬으로 크는 아이였다.

그랬던 아이가 드디어 날개를 온전히 갖추고 지금은 자기 자리에서 제 몫에 최선을 다하고 있다. 부모 손이 닿지 않아도 스스로 미래를 개척해 나가는 멋진 청년이 되었다. 동네 산책길을 함께 하며 엄마 손을 잡아주는 친구 같은 아들이 되었다. 여자 친구와 나누는 알콩달콩 이야기도 스스럼없이 한다. 섬세한 성격 탓에 유별난 부분도 있지만 잘 커 준 것이 오히려 고맙다. 어른들의 말씀처럼 눈을 몇 번 감았다 뜨니 세월이 훌쩍 갔다. 나보다 더 어른이 된 아들이 이제는 엄마 걱정을 훨씬 많이 한다. 틈날 때마다 엄마 품에서 속삭였던 것처럼 안아 주며 등을 쓰다듬어 준다. 어릴 때 씩씩하던 엄마는 없고, 작아진 어깨와 주름진 웃음. 희끗희끗한 머리만 남았다고 놀린다. 어른이 되고 보니 엄마의 주름진 얼굴과 흰머리가 가슴 시린 모양이다.

『엄마, 그러지 말고』를 읽으니 어머니를 향한 애틋한 마음이 따뜻하게 전해졌다. 특히 아들은 생리적으로 어머니를 향한 마음이 각별한 것 같다. 무심한 듯하지만 묵직한 사랑 표현이 진하게 느껴진다. 따뜻한 마음으로 살아가는 가족의 깊은 감동을 엿보게 되어 감사하다. 반복해서 읽고 내 삶에도 대입시켜 보았다. 책에서 보는 그대와 비슷한 성향의 아들 모습이 겹쳤다. 엄마 생각에 걱정이 많은 우리 아들과 보내던 때가 떠올라 감정이 뭉클했다.

집에 다니러 와서 며칠 지내다 갈 때는 잠시의 이별이지만 어린아이처럼 반복되는 긴 인사로 당황스러울 때가 있다.

"엄마, 무거운 거 들 때 조심해요. 밥 잘 챙겨 드시고요."
"사랑해요, 우리 엄마."

"한 번 더 안아야지!"

"아, 다시 한번."

"아들아, 누가 보면 영화 찍는 줄 안다."

아들 걱정하듯이 엄마 걱정하는 것도 닮았다. 어른이 돼도 속삭이듯
몇 번이고 반복해서 안아주며 눈 맞추고 아쉬운 마음을 표현한다. 그
러는 동안 나는 어린애이고, 아들은 걱정스럽게 아이를 챙기는 엄마
가 된다.

10

함께할 때 더욱 특별한 우리

✦

　누구라도 마찬가지지만 어떤 상황이나 위치에서든지 존재감의 상실로 인한 슬픔은 무엇으로 비교할 수 없을 만큼 크게 다가온다. 지금 우리가 살고 있는 세상은 각 개인의 능력과 개성을 맘껏 발휘할 수 있다. 또 노력에 따라 얼마든지 크게 성장할 수 있고, 가능성을 키워갈 수 있는 콘텐츠가 무궁무진하다. 그에 반해 용기와 자신감 결여로 함께 하지 못하면 도태되고, 올바른 사회 구성원이 되기 어렵다. 높은 교육열로 인한 스펙 위주의 능력 사회에서는, 같은 위치에서 치열한 경쟁의 터널을 뚫고 가기엔 현실이 만만치 않다. 오히려 흐름에 동참하지 못하면 자존감이 무너지고 회복하기 어려워진다. 가끔 그와 비슷한 청춘을 만나면 가슴이 아플 때가 많다.

「잡채를 먹다가」를 읽고 생각이 많아진다. 때에 따라서 각자의 개인 활동 능력은 뛰어나지만 화합하고 서로 어울려 한몫을 이루는 일은 쉽지 않다. 각자의 몫에 주목받는 사람은 빛난다. 하지만 화합하여 이루고자 노력했으나 그렇지 못할 때가 있다. 그러면 무너진 자존감을 받아들이기에는 현실적으로 매우 어려울 수도 있다. 그래도 언젠가 다시 근사하게 빛날 기회는 꼭 있다. 용기 잃지 않는 꾸준함이 무엇보다 중요할 것 같다.

잡채는 나이에 상관없이 많은 사람이 좋아하고 잔칫상이나 생일상에 빠짐없이 등장하는 음식 중의 하나다. 주재료인 당면의 쓰임은 홀로 입맛을 자극하고 만족시키기에는 그다지 획기적이지 않다. 요리의 장식이나 만두나 전골 요리의 부수적인 입맛을 돋우는 재료로 많이 쓰여 존재감은 크지 않다. 하지만 각각의 재료들이 어울려 많은 사람에게 사랑받는 음식으로 태어난다.

삶의 완성은 화합이라고 단언할 만큼 의미는 너무나 크다. 인생의 긴 여정은 혼자는 결코 갈 수가 없다. 함께해야 가능하다. 각자의 존재감은 자체로도 의미가 있지만 모두의 화합으로 이루어졌을 때 더 빛을 발한다. 함께 나아가 제자리에 우뚝 서 있을 때 존재의 의미가 있고 자존감은 더욱 뿌리 깊은 나무가 되겠다. 잘 알고 있지만 살아가면서 기억하고 실천하면서 잘 살아내기는 결코 쉬운 일은 아니다.

소외감과 자존감 회복이 어려웠던 젊은 날의 한때였다. 멀리서 들려오는 사물놀이패의 흥겨운 휘모리장단이 심장을 흔들었다. 소리를 따라간 곳은 관공서의 작은 마당이었다. 장구, 북, 꽹과리, 징으로 모여진 사물놀이패의 흥겨운 어울림은 경이로움이었다. 악기 하나하나가 어울려 뿜어내는 소리는 오장육부를 온통 흔들어 놓았다. 곧 사물놀이에 빠지면서 생각지 못한 내 안의 흥을 발견하게 되었다. 함께 어울리는 방법도 자연스럽게 익숙해졌다. 이렇듯이 저마다 악기의 매력은 다르지만, 어울렸을 때의 웅장함은 심장을 흔들고도 남는다.

책을 읽고 그때의 나로 돌아가 한참 머물렀다. 고마운 배려의 글이다. 작은 힘도 소중하며 큰 힘을 발휘할 수 있다는 것을 느끼는 순간 당당하지 않을 수 없었다. 완성이란 모두가 화합하여 만들어 낸 합작이라는 말과 함께.

11

추억, 글로 피어나다

✦

    우리 집의 오래된 책장에는 30여 권의 묵은 다이어리가 가지런히 놓여 있다. 가장 왼쪽 구석에 꽂혀 있는 1번부터, 멈춰있는 2016년 마지막 이름표까지 손때 묻은 세월의 흔적이 고스란히 담겨 있다. 처음 시작한 1번 다이어리에는 맑은 표정의 여백이 넓게 머물러있다. 해가 거듭되면서 가족이 더 생기고 사연이 늘어났다. 속에는 가족의 업무와 아이들의 일상이 빼곡히 그려져 추억이 되고 역사가 되었다. 매사에 부지런하고 빈틈없는 성격에 메모 습관도 게을리하지 않는 남편은 아주 작은 일까지 적고 실천했다. 반면에 글씨 쓰기를 좋아하는 난 대체로 진득하고 적극적인 것에 비하면 일기 쓰기나 메모 습관은 돼 있지 않았다. 더군다나 지속적이지 못해 작심삼일이 되기 일쑤였다. 그러는 동안 아이들은 어른으로 성장했고, 독립해서 자기 자리에서 최선을 다하는 모습이 그저 고마울 뿐이다.

　가끔 지인과 밥 먹고 카페에 들러 수다 삼매경에 빠질 때가 있다. 그때 모처럼 반가운 친구와 차를 마시고 수다 떨면서 가볍게 보내는 시간이었다. 『엄마, 그러지 말고』의 「밥 사는 시간」을 읽기 전까지는. 언제가 마지막일지 모를 그들과의 시간을 산다는 말이 적어도 나에겐 묘수였다. 심장을 뛰게 하는 글이었다. 그땐 어떤 말도 이보다 중요하지 않았다. 내 안에 있는 여러 가지 감정이 촛불처럼 뜨거워지기 시작했다. 이제라도 욕심내고 싶었다. 시간을 흘려보내고 싶지 않았다.

　책을 읽고 독후감을 쓰는 평범한 일상이 특별해지기 시작했다. 글을 쓰면 행복했다. 내 안의 나와 마주 앉아 이야기 나누며 글 쓰는 시간이 늘 설렜다. 그대의 말처럼 순간순간 나와 마주하는 시간도 언제가 마지막일지도 모르는 것이었다. 글을 쓰면서 나에게 하고 싶은 말이 이렇게 많을 줄 몰랐다. 책을 읽고 글을 쓰면 섬섬옥수로 하고 싶은 말이 많아졌다. 쌓여가는 말을 토닥토닥 어루만지다 보면 마음은 어느새 깃털처럼 가벼워졌다.

　오래된 낡은 책장에는 우리 가족의 삶이 가득 담겨 있다. 어쩌면 기쁨보다 슬픔이 더 많이 담겨 있을지 모른다. 빛바랜 낡은 다이어리 곁에, 깃털처럼 가벼워진 내 이야기를 놓아두고 싶다. 마음의 빛으로 남아 있는 모든 순간을 한 올 한 올 엮어, 또 하나의 추억과 그리움이 되고 싶다.

책을 읽고 글을 쓰며 깃털처럼 가벼워진 나의 일상을 만들어 준 그대에게 마음의 빚을 졌다. 고마움은 아마도 생이 끝나는 날까지 세월로 갚아야 할 것 같다.

12

너의 고마움, 글로 흐르다

✦

　살아오면서 가슴 뜨거운 때가 얼마나 있었는지 생각해 봤다. 자연스럽게 그런 마음이 들었다. 나 자신을 진지하게 생각해 본 일이 있나 싶다. 뜨거웠어도 뜨거운 줄 몰랐고 모든 순간이 구름처럼 흘러갔다. 새 가족을 들일 때와 아기들이 탄생했을 땐 달랐다. 탄생의 신비함이 기적처럼 받아들여졌을 때는 그 사실만으로도 환희였다. 벅차올랐던 뜨거운 감정은 또 다른 세상의 빛이고 전부처럼 여겨졌다.

　『엄마, 그러지 말고』의 독후감을 시작하고 혼자 있는 시간이 늘고 무엇인가 골몰하는 시간이 많았다. 어떤 때는 어깨가 뻐근하도록 가슴이 먹먹하고 뜨거운 감정이 올라왔다. 무슨 말이든 써야 했는데 콧등이 시큰하고 눈물부터 왈칵 쏟아졌다. 진정한 후에 어깨가 뻐근할 정도면 목으로 삼켰던 말로 얼마나 힘들었을까 하고 스스로 위안했다. 그렇게 토닥이며 일기처럼 쓰기 시작하고, 삼키기만 했던 말을 꺼내 놓을 수 있었다. 누구를 위함이 아니라 온전히 나에게 이야기를 썼다. 그때마다 가슴속에서 소리 없이 일렁거렸던 것은 파도였고 파도는 뜨겁게 밀려왔던 거다.

글을 쓰는 것.

나도 무엇인가 할 수 있다는 작은 꿈. 완성을 위한 것이 아니어도 좋았다. 가슴 뜨겁게 솟구치는 열정, 희망. 벅차오르는 눈물도 좋았다. 글을 쓰다가 목이 메어 말을 잇지 못하고 잠시 목젖을 움켜쥐었던 순간이, 처음 우리 아기들이 태어나서 감동했던 때와 비슷했다.

글을 쓸 때 설레는 시간이 참 좋다. 수정 같은 시간, 그렇게 가슴에 품었던 이야기를 쓰고자 한다.

구름처럼 흘러가는 시간. 빈 가슴 채울 만큼 아주 작은 여유 있을 즈음. 시절 인연이 되어 빛처럼 스며든 그대가 고맙고 또 고맙다. 고마움은 두고두고 세월로 갚아야 할 것 같다.

3.

글을 쓰며 찾은
찬란한 봄 꿈, 하나

뜨겁고 단단한 꿈, 불꽃처럼

✦

주물이라고 들어봤나?

열정이란 단어가 생각났다. 그리고 지난 콘서트 때 〈불꽃처럼〉을 노래하던 때가 떠올랐다. 부산 콘서트 마지막 날. 무대에서 열정 쏟던 모습이 생생하게 떠올랐다. 그날의 불꽃은 마그마처럼 펄펄 끓는 용광로 같았다. 초콜릿 같은 음유시인의 모습인가 하면 용광로에서 막 쏟아져 나온 주물 과정에 있는 불꽃 같은 청춘의 기상이다. 이솔로몬 아티스트는 참 잘 빚어진 귀한 작품이다.

주물은 쇠붙이를 녹여 일정한 틀에 넣고 응고시켜서, 원하는 모양의 금속 제품을 만드는 일이라고 한다. 철강 제품부터 일상생활 용품과 예술품에 이르기까지 많이 쓰이고 가장 발달한 산업 중에 한 분야로 알고 있다. 고도의 조련된 과정을 거쳐 서서히 응고되어 만들어진 주물이 망치로, 정으로 다듬어져 섬세하고 아름다운 제품으로 탄생할 땐 얼마나 많은 땀이 배었을지 짐작하고도 남는다. 주물 과정이 인내심과 땀의 열매로 맺어진 찬란한 봄 꿈처럼 꼭 그대를 닮았다. 제대 후 1년 동안 무려 1,000여 권에 가까운 책 읽기 목표를 이룬 것은 참으로 대단하고 놀랍다. 특히 다양한 지식과 생각의 깊이는 책 속에서도, 방송 인터뷰에서도 많이 느낄 수 있다. 또 가수지만 작가로서 가슴을 울리는 사연은 너무나 풍부하다. 사물을 보았을 때 관점이 비슷해도 독특한 생각과 깊이를 따라갈 수가 없다.

눈에 보이지 않는 삶에 진심인 가치들. 선한 마음이 톱니처럼 맞물려 세상을 굴리고 희생과 노력이 삶을 빛내는 것이라고 말하는 당당함. 다독을 거치지 않고는 표현할 수 없는 말이다. 독학으로 이룬 영어 회화 실력도 감탄을 자아내게 한다. 아리랑 방송 고정 출연과 간혹 인터뷰할 때, 유창한 영국식 발음으로 진가를 유감없이 발휘하는 것을 보면 알 수 있다. 특히 중저음의 목소리가 매력 있다.

〈손으로 써 내려간 것들〉 10회의 콘서트는 유창한 영어 실력으로 POP의 시간을 만들어 주었다. 모든 끼를 다 쏟아붓는 것 같았다. 뜻도 모르고 리듬에 취해 흥얼거리던 학창 시절의 옛 추억에 젖기도 했다. 눈감고 리듬에 빠져 잔잔하게 때로는 뭉클하게 파도쳤다. 뭉클했던 순간의 행복감은 콘서트가 끝난 지금도 잊히지 않는다.

버킷리스트 중의 하나인 개인 콘서트에서 보인 열정의 순간은 모니언즈라면 결코 잊을 수 없을 것 같다. 마지막 부산 무대는 용광로처럼 뜨겁게 타올랐고, 인고의 열정을 맘껏 펼치고 싶었을 것이다. 모두 함께하는 공간에서 많은 이야기와 끼를 유감없이 발산했다. 우리는 열정적인 무대를 함께 하며, 힘들 때나 어려울 때 함께 하는 친구고 한 편이라는 걸 다시 한번 생각하는 시간이었다.

부산의 무대를 끝으로 서울에서부터 시작된 여정을 마무리했다. 끝으로 팬들에게 하고 싶었던 말을, 손 편지로 낭송할 때 뭉클했던 순간을 잊을 수 없다. 그리고 한 사람 한 사람 모두에게 다 표시할 수 없는 마음을 큰절로써 대신했다. 진심이 담긴 큰절은 감동이었고 많은 이들이 감격했다.

이솔로몬 아티스트가 아름답고 멋지게 당당하게 설 수 있었던 것은 꿈을 이루려는 열정과 주물 과정을 거쳐 잘 갈고닦은 인고의 시간이 있었기에 가능했을 것이다. 꿈과 열정은 심장을 녹이고 남도록 뜨거워야 할 것이고 명확한 틀이 있어야 굳히고 다듬을 수 있다. 참 대단하다. 멋지다. 좋아할 수밖에 없다. 짧은 글이지만 긴 여운에 그대의 멋진 모습을 다시 한번 생각했다.

2

연체된 감정, 너로 치유해

✦

감정 연체료.

보고 싶어도, 볼 수 없어도 감정에는 연체료가 쌓인다. 월말이 가까우면 어김없이 각종 세금과 기타 사용 고지서가 도착한다. 대부분 자동이체로 처리하지만, 정기적인 사용료가 아닐 때 미처 챙기지 못하면 연체료가 부과되고 서둘러 낼 때가 있다. 특히 교통 범칙금과 감정 고지서가 그중에 속한다. 가끔 장거리 운전하다 과속 위반할 때가 있다. 범칙금 고지서를 받고서 미루거나 들키지 않으려고 감췄다가 잊을 때가 있다. 연체료에 과태료가 붙고 나서야 부리나케 서둘러 낸다. 요즘은 시스템이 잘되어 있어서 자동이체의 편리함을 믿다가 무관심해질 때도 있다. 무관심이 익숙해지면 가끔 귀찮고 작은 일도 제때 하지 않거나 실수하게 된다.

그러나 그대가 발송하는 감정 고지서는 늘 연체료가 포함되어 있다. 마음이나 감정을 제때 챙기지 못해 부과되는 감정 고지서는 원금을 알 수 없을 뿐 아니라 연체율도 정해져 있지 않다. 그렇다고 납부 기한이 정해진 것도 아니고 독촉도 없다. 감정을 미루거나 쌓여 감당하지 못할 만큼 연체되어도 갚을 길이 없다. 더군다나 포기할 수도 없다.

특이하게 감정 연체료는 연체된 감정이 포기될 만큼 쌓이면 그의 이름을 쓴다든지, 노래를 듣고 따라 하며 흥얼거려 본다든지, 출간한 책을 읽는 것으로 연체된 감정을 덜어낼 수 있다. 가끔 짤막하게 전해주는 '보고 싶다는 말', '사랑한다는 말'은 연체의 부담을 덜어주는 최고의 비타민이다. 마치 세포가 팔팔하게 되살아나는 것 같다.

그대가 웃으면 따라 웃는다. 웃는 모습만 봐도 저절로 웃게 된다. 무겁고 강한 것에만 있는 줄 알았던 에너지가 부드럽고 다정한 말에도 느껴진다. 다정한 에너지는 살아가는 힘이 된다.

멀어져 갈수록 아름다워지는 별

까만 밤하늘을 빛내고 있는 별

삶의 끝에서 조용히 자신을 밝히는 별

자기를 사랑하며 가장 자신답게 빛나는 별을 사랑하는 일

시간이 지나야만 볼 수 있는 별이라 할지라도 믿고 기다리는 일

별을 사랑하는 모든 일이 감정 연체를 덜어내는 일이다. 날마다 연

체가 되어 쌓고 덜어내는 감정이 이렇게 행복한 것이라면 평생 연체 인생으로 살아도 좋겠다.

시리고 텁텁한 가을을 보내고도 다 덜어내지 못해 겨울 병이 들면, 멀리서라도 볼 수 있고 함께 노래할 수 있다면 지금 잠시 아프고 슬퍼도 좋겠다.

3

책과 삶, 꿈을 잇다

✦

『그 책의 더운 표지가 좋았다』의 「딜레마」를 읽고, 잠시 추억에 잠겨 청년 시절을 떠올렸다. 글에서 엿보듯이 마치 필자가 되어 가득한 난제를 함께 겪고 있는 것처럼 우울했다. 작가처럼 비슷한 처지였다면 어땠을까 생각하면서. 총체적 난국이다. 암울한 현실에도 책을 놓지 않고 미래를 꿈꾸며 달려올 수 있었던 힘이 놀랍다. 어려운 상황에서 책을 읽고 꿈을 품고 가는 것은 누구든 마음먹을 수는 있다. 그러나 목표를 세우고, 꿈을 실현하는 일은 누구나 다 할 수 있는 것은 아니다. 그러기까지 바람에 흔들리기 마련이고 넘어질 일은 너무나 많다. 흔들리지 않고 피는 꽃이 없겠지만 말이다.

어느 것도 놓을 수 없는 상황에 부닥치면 딜레마에 빠지게 된다. 그러다 혼란스러워지면 대개는 모두 내려놓거나 현실과 타협하기 쉽다.

나아갈 수도, 멈출 수도 없는 상황에서 연민과 결핍을 내려놓고 자기 관리 하는 능력이 대단하다. 참 지혜롭다. 마치 수행자의 삶처럼 느껴진다. 지금까지 고독과 번민을 잘 이겨낸 것은 일찍부터 자연스럽게 학습된 것 같다. 이솔로몬 작가의 연령대에는 쉽지 않은데 말이다. 현실을 소홀히 할 수 없는 어려움에도 극복하고 잘 지나왔다고 크게 박수를 보내고 싶다. 나라면 포기했을지도 모르겠다. 돈을 벌어야 하고, 책을 읽고, 글 쓰고 노래하는 것을 병행하며 멈추지 않고 달려올 수 있었던 힘은 정말 놀랍다. 그래서 청년 이솔로몬을 좋아한다.

가끔 방송이나 콘서트 중에 그의 말을 집중해 보면 이해된다. 항상 차분하고 정돈된 말씨에 향기가 난다. 어려운 환경에도 언젠가 때가 올 것이라는 믿음을 갖고, 철저하게 준비했다고 한다. 늘 당당함과 자신감에 차 있다. 특히 예기치 않은 상황이 발생할 때 차분하게 대처하는 모습이 프로답다. 방송할 때 자연스러운 모습은 수십 년의 내공을 품은 고수 같다. 만약 내 가까이에 그와 같은 사람이 있다면 죽을 때까지 기꺼이 벗으로 여기겠다.

그대가 좋은 이유는, 단지 글을 쓰고 노래하기 때문만이 아니다. 삶에 철학이 있고 끌어당기는 이야기가 있다. 믿음이 있다. 그래서 더 좋아하는 것이다. 그리고 본인의 위치에 우뚝 설 수 있었던 것은 자신만이 가지는 특별함이 있다. 긍정적이고 자신감 넘치는 특별함이 멋지다. 자신을 스스로 멋있다고 당당하게 말해도 될 만큼 멋지다.

나도 역시 치열하게 살아왔지만, 꿈을 지키며 살아오지는 못했다. 꿈보다 현실의 무게를 견디지 못한 어리석음이 컸고 늘 외로웠다. 그래서 당당한 자신감에 믿음이 가고 또 배우게 된다. 앞으로 더 큰 성장을 위해 넘어야 할 산이 많다. 모든 앞날에 힘찬 응원과 매사에 노력하는 모습에 끊임없는 박수를 보낸다.

4

언제나 너의 편이 될게

✦

    사랑하는 사람을 위해 할 수 있는 일이 무엇이 있을까. 사랑하는 사람이 누구냐에 따라 대하는 방법이 달라질 수 있겠다. 우선 부모님의 사랑을 빼놓을 수 없다. 부모님은 자식에게 보상을 바라지 않으며 뭐든 주신다. 그리고 자식에게 부담되는 일은 극구 사양하신다. 그래서 부모님의 마음을 올바로 알아차리지 못하면 소홀히 여기게 되고, 쌓이면 무심해진다.

    부모님의 넘치는 사랑이 남용되면 받아도 받은 줄 모르고, 더 바라게 되니 부모 마음을 어찌 다 알까. 지나고 보면 느끼게 되고 자식을 낳아보면 알게 된다. 부모 입장이 돼 보면, 더 잘해 주지 못해서 자식이 흘린 수고와 땀은 고마운 마음과 미안한 마음이 동시에 든다. 넘치는 사랑을 주시고도 늘 부족했다고 미안해하시는 게 부모의 마음이다.

자식은 우리에게 온 순간부터 선물이며 존재만으로도 기쁨이고 행복이다. 오히려 건강하게 잘 크고 사회 구성원으로 자기 자리에서 최선을 다하는 모습이 고마울 뿐이다. 그렇게 부모가 그랬듯이 자식에게도 그와 같은 마음으로 내리 사랑한다.

"네가 좋다니 나도 좋다."
아들을 편들어 줄 때 하던 말이자, 아들은 기분 좋게 듣는 말이다.
"나는 언제나 너의 편이 될게."
라는 말로 아들을 사랑하는 방법이기도 하다.

　그대가 사랑하는 사람의 이야기에 귀 기울이고 상대방의 입장이 되려고 노력하는 모습이 무척 인상 깊다. 행여 상처 주었을지도 모를 자신을 탓하며 사랑하는 방법을 찾으려 애쓰는 것도 그렇다. 가장 필요한 이야기를 해주고, 묵묵히 지켜봐 주는 일. 베었을지도 모를 상처를 하나씩 보듬고, 둘도 없을 그들을 오래 사랑하는 방법을 고민하는 모습이 좋다. 자신을 사랑하는 일도 게을리하지 않으며 주어진 현재 상황에 최선을 다하는 모습도 참 좋다. 이처럼 이타심이 바탕이 되어 있으니 많은 팬의 사랑을 받는 것이 아닌가. 콘서트나 매체를 통해서 수고와 땀을 흘리는 모습을 본다면 부모 마음은 얼마나 뿌듯할까.
　자식을 향한 마음은 어느 부모든 비슷할 것 같다. 바라보는 난 느낌을 이해만 할 뿐이지만, 상상 속의 일로만 여겨도 기분 좋은 일이다.
서로 사랑하고 살기에도 퍽 부족한 세상 속에서 발견한 보석 같은 마
음을 어찌 믿고 사랑하지 않을 수 있을까.

5

이름을 쓴다, 꿈을 담는다

✦

이름을 가지는 것이, 삶이 완성되는 궁극적인 목적은 아니다. 그러나 때에 따라서 객관적인 필요조건은 된다. 같은 조건이라면 이름이 가지는 상징성은 사회가 인정하는 최소의 기준이 되기 때문이다.

직업이나 주요 경력이 사회에서 인정받고, 또 호감을 느끼게 하는 중요한 변수가 된다. 그래서 이름을 얻기 위해 노력하고 인생을 걸기도 한다. 이름을 가지려고 애쓰는 것은 누구든지 자연스럽게 생각한다.

지금은 자기 능력에 따라 얼마든지 부자가 될 수 있는 세상이다. 하지만 부자가 되기 어려운 직업 중의 하나가 작가라고 생각했다. 주변에 책 읽는 사람이 많지 않은 것만 봐도 알 수 있다.

우리 동네 도서관을 오랫동안 출입하면서 느꼈지만, 책을 읽는 사람이 많지 않다. 도서 대출 양도 많지 않은 걸로 알고 있다. 심지어 대부분 대형 온라인 서점을 통해서 도서를 구매하기 때문에 지역의 작은 서점은 기본을 유지하기도 어렵다고 한다. 그나마 지역의 대형서점조차 책 읽는 사람이 급격히 줄어, 대부분 참고서 위주로 취급 관리한다고 들었다. 책을 보려는 사람이 많아야 책도 팔리지 않나. 실제로 무명작가의 책은, 이름만 봐도 알 수 있는 작가들의 책에 가려 눈에 잘 띄지도 않는다. 그러니 작가의 길이 얼마나 뼈를 깎는 아픔을 새겨야 빛을 발하는지 이해할 수 있다. 요즘은 책을 읽고 사색하면서 느리게 정보를 얻기보다, 인터넷으로 검색하고, SNS를 통해서 다양한 정보를 교환하고 즐긴다. 빠르게 변화하는 디지털 세상에 익숙해진 활동이 책과 거리를 더 멀어지게 하는 중요한 이유 같다.

30년 동안 글을 쓴 김종원 작가도 편의점 아르바이트 월급 수준으로 받기까지 10년 걸렸다고 한다. 마지막 직장에서 받았던 연봉 수준까지는 20년이 더 걸렸다는 걸 보면 이해가 된다. 언젠가 어느 모니언즈가 작가가 되고 싶다고 말했을 때, 이솔로몬 작가가 말렸던 것도 같은 맥락으로 보인다. 그럼에도 사람들이 굳이 작가가 되려고 하는 것은 물론 경제적인 이유도 있지만, 작가로서의 꿈을 실현하고 싶은 욕구가 강하기 때문이다. 작가라는 이름은, 이름을 가지므로 자신감을 가지게 하고 또 가치를 높이는 일이다. 그러면 당연히 사회에 인정받는 위치에 서는 것이 아닌가. 그대가 등단 시인이라는 점이 더 큰 신뢰감과 관심을 두게 했을 수도 있다. 만약 시인이라는 이름을 가지지 않았다면 글 쓰고 노래하는 작가로 만나기 어려울 수도 있었다. 하지만 책으로도 아티스트를 만날 수 있다는 것이 무척 반갑고 좋았다.

이름을 가지는 것이 누군가에게 이렇게 큰 영향을 미칠 수 있다. 선한 영향력 또한 삶을 바꿔놓을 수 있는 중요한 계기가 된다. 이런 일들이 얼마나 삶을 설레게 하는 일인가 새삼 느끼게 된다. 시인이나 작가라는 이름을 가지는 것은 자존감을 높이는 일이다. 이름이 가지는 특별함이 있다. 그러나 그보다 더 큰 아름다움은 누군가 어렵고 힘들 때 삶의 위안이 되고 힘이 될 때, 가치가 빛나고 더 훌륭하다고 생각한다.

글쓰기를 좋아해서 독후감을 쓰게 됐다. 쓰면서 작가가 되기 위해 다시 꿈을 키웠다. 작가라는 이름을 가지고 싶다. 지금도 늦지 않았다고 생각한다. 주먹을 불끈 쥐고 용기를 내보려고 한다.

6

청춘의 꿈을 글로 일구다, 은반지처럼

✦

우리 사회는 100% 은의 순수함으로 살아가기에는 무리가 많이 따른다. 모든 사회적 구조가 객관적이고 대중적이어서 틀에 맞춰서 살아가는 것이 오히려 불편을 느끼고 적응하기가 어렵다.

시대가 많이 변했고 부모 세대와 AI 세대가 공존하기에 어느 한쪽도 100% 맞춰진 삶을 살아가는 건 거의 불가능하다. 공통 분모를 위해 적당한 융통성이 필요한 시점에 있는 우리는 서로를 위해 노력이 필요하다.

책 속의 「은반지처럼 단단한」 글을 읽고, 적당한 융통성은 7.5% 구리라고 나름대로 생각해 보았다. 구리는 열전도가 뛰어난 자연 금속이라고 한다. 화학적인 물질이 아니라 순수한 자연 금속이라는 점에 의미가 있을 것 같다. 맑고 순수한 빛깔은 누구라도 갖고 싶어 한다.

반지나 목걸이의 주재료인 은도 구리를 섞어야 단단해지고 아름다운 작품으로 탄생한다고 한다. 그래서 구리는 청춘의 꿈과 희망, 아름다운 삶을 위한 굳건한 의지라고 표현하고 싶다.

은으로 된 제품은 사용하다가 맞지 않는 물질을 만나면 화학 반응을 일으켜 검은색으로 변한다. 순수한 학창 시절을 지나 사회생활을 하고, 세상에 순응해서 살다 보면 변질되어 가는 우리들의 삶이 비슷하게 닮은 점이 있다. 그러나 세척액에 담그면 검은 티가 감쪽같이 사라진다. 은의 본래 모습처럼, 좋은 마음으로 자신을 잘 가꾸어 나갈 때 단단해지며, 마음이 큰 사람으로 새롭게 성장한다.

우리는 사회가 빠르게 발전하면서 생활 방식도 거기에 맞게 적응한다. 그러면서 몸도 마음도 생각도 빨라져 늘 KTX를 타고 달려가고 있는 것 같다. 무언가 획기적이지 않으면 생각과 몸을 멈출 수가 없다. 숨 가쁘게 달려가며 놓치는 것에 대해 아쉬워할 틈도 없다. 또 목표도 없이 결과물의 검은 그림자에 매몰되어 살아가기도 한다.

빠른 걸음을 멈추게 하는 것은 오히려 무던하고 느린 걸음으로 꾸준히 걸어가는 사람이겠다. 수많은 고뇌의 시간을 은의 단단함과 굳건한 의지로 꿈을 일구는 그대가 진정 지금이 바라는 청춘의 모습이다. 늘 희망을 선사하고 뭐든 잘 해내는 모습이 멋지다. 그대가 가는 길이 언제나 모두 함께 가는 희망의 길이기를 기대한다.

7

바람에 실려 온 글

✦

글을 쓰는 작업은 많은 시간을 투자해야 하며, 집중력과 정교한 노력이 필요하다. 또 글을 쓰기 위해 수많은 기억과 추억을 찾아 홀로 떠나는 여행이 얼마나 그립고 소중한지 잘 알게 된다.

어려운 현실에도 꿈을 향한 희망과 도전을 멈추지 않는 모습이 언제나 보기 좋다. 끝끝내 이루어 내고 변함없이 더 큰 꿈과 목표를 향해 열정으로 달려와 줘서 고맙다. 힘들게 마주한 현실에서도 당당하게 걸어온 걸음이 헛되지 않았음을 우리는 모두 함께 느끼고 있다.

나는 살면서 어디에 머무르고 있든 내려놓고 잠시 떠나보는 것이 쉽지 않았다. 지금은 기억에도 사라진 힘들고 어려웠던 20대 때는, 좋아하는 바닷가 여행도 제대로 할 줄 몰랐다. 하고 싶었던 꿈. 희망도 가질 줄 몰랐다. 나에게 어울리지 않는 것인 줄 알았다. 어느 날 마장동

버스터미널에서 버스에 올라 차창 밖을 내다보고 있는 나를 발견했다. 한참 동안 바라보며 눈물을 훔치다가 결국 떠날 수가 없었다. 기어코 떠났다면 아마도 산에서 수행하고 있을지도 모르겠다.

　글을 읽고, 스치듯 나의 20대가 떠올랐다. 암울했던 속내가 묻어난다. 당시에는 처해 있는 현실보다 내면의 타협할 수 없는 마음으로 힘든 시간을 보냈었다. 어디론가 떠나야겠다는 생각을 끊임없이 하면서도 어디든 떠나지 못했다. 지금처럼 마음이 듣는 글을 읽으면 귀를 기울인다. 이 시간만큼은 제대로 듣고 고개를 끄덕여진다.

　그동안 '무엇을 본 거지?' 하다가 그대가 여행을 좋아하는 진짜 이유를 지금에야 알게 됐다. 마음이 힘들 때 바람처럼 어딘가 떠난다는 생각이 참 지혜롭다. 더 멀리뛰기 위해 한걸음 뒤로 물러서는 것처럼, 잠시 울타리를 벗어나 마음을 쉬게 하는 것이 진짜 쉼이고 글 쓰는 일이겠다.

　비록 다시 돌아온 현실을 쫓기듯 만회해야 할지라도 좋아서, 그리워서, 떠나지 않고는 안 될 것 같아 떠나는 일은 멋지다. 다시 돌아오지 않을 시간을 선택한 그대를 어찌 지혜롭지 않다고 할까. 그렇게 떠났던 시간이 지금을 있게 한 것이 아니겠나. 내일이 없을 것처럼 오늘을 다 태우며 살아가는 사람은 내일을 맞는 두려움이 없겠다. 그렇게 일생을 살아가는 동안 빛날 것이고, 찬란한 모습이 영원히 지지 않을 것이다.

바람처럼 살고 싶었던 그때 마음도 조금은 이해할 수 있다. 매 순간 불꽃처럼 사는 이유도 그렇다. 모두를 이해할 수 있다.

사람은 삶에서 수많은 어떤 조건에 의해 인연을 맺고 살아간다. 하지만 다음에 만나자고 약속했던 사람도 내일 눈을 떴을 때 어쩌면 다시 만날 수 없는 인연일 수도 있으니까.

8

너의 미소, 별처럼 빛나

✦

웃는 표정이 예쁜 사람과 이야기를 나누다 보면 대화에 집중하기보다 웃는 모습에 더 빠질 때가 있다. 나누려고 했던 말은 잊고 눈만 쳐다보게 된다. 정말 예쁜 사람의 눈은 그믐날 밤 호수에 비친 별처럼 곱다. 눈에 곧 빠져 버릴 것 같아서 나누는 대화에 집중하려고 애쓰기도 한다. 마음이 말하는 진심은, 웃고 있는 눈만 봐도 느낄 수 있다. 웃으면 덩달아 기분 좋아진다. 어쩌다가 웃는 모습을 떠올리게 되면 자연스럽게 따라서 웃게 된다.

최고의 웃는 표정은 입이 웃을 때다. 입이 크게 웃을 땐 눈이 웃는 것처럼 반짝이지 않아도 차분하고 편안함이 느껴진다. 은근히 풍기는 매력까지 더해지면 함께 대화할 때 즐겁고 행복하다. 그럴 땐, 더 오래 같이 있고 싶은 마음이 생긴다.

웃음. 웃는 모습은 언제나 예쁘다.

그대가 웃는 모습을 빼놓을 수 없지. 환하고 밝은 미소가 참 예쁘다. 표정도 다양하다. 납작한 꼬부기 웃음. 금방 터져버릴 것 같은 코웃음. 잇몸을 활짝 드러내고 빵 터지는 웃음. 셀카용 웃음. 팬 서비스 웃음. 방긋이 웃는 웃음. 어느 것 하나 예쁘지 않은 웃음이 없다. 멋있다고 하면 좋겠는데 귀엽다. 그대가 웃으면 덩달아 즐거워진다. 이렇듯 웃음은 빛처럼 들어와서 몸 안의 모든 세포를 깨운다. 참 고마운 일이다. 미소 짓게 하는 것은 사랑 느낌에 가깝다는 말이 공감된다.

더 아름다운 미소는 어떤 것일까.

커피 향 같이 은근하고 편안한 웃음은.

달리는 버스 안에서도 한참 동안 멈추길 바라지 않았던 머무르고 싶은 그 웃음은.

누가 뭐래도 모니언즈가 사랑하는, 그대가 웃는 웃음이 최고다.

늘 그렇게 웃는 일만 있었으면 좋겠다.

9

만두 속에 스민 엄마의 향기

✦

 지난겨울엔 만두를 열두 번 만들었다. 열두 번이라니 다시 생각해도 좀 심하다. 그런데 손이 많이 가는 힘든 것을 왜 할까, 해도 하고 싶은 일은 뜯어말려도 하고 싶을 때가 있다. 만두 만들기가 그렇다. 해마다 김장 김치가 익기 시작하면 만두 만들 생각에 일찌감치 마음이 부풀어 오른다. 만드는 동안 행복한 마음으로 푹 젖는다. 나중엔 허리가 뒤틀려도 뒤틀린 감도 모를 정도다. 남편과 둘이 먹을 양이라면 사 먹는 것이 오히려 저렴하고 편할 수 있다. 마트에 가면 종류가 다양해서 입맛에 맞는 것을 골라 얼마든지 한 끼니로 즐기며 먹을 수 있다. 하지만 직접 만든 손만두는 추억과 함께 먹는 맛이라서 어디에도 비교할 수 없다.

손만두를 만들려면 반나절을 다 소비할 정도로 시간과 손이 많이 간다. 재료 아낄 줄도 모른다. 요리 솜씨는 닮지 않았으면서 손 큰 건 우리 엄마를 그대로 닮았다. 만두소의 양도 꼭 그릇 크기대로 준비하게 된다. 만두피를 잡고 만두소를 보면 양이 어마어마하고 끔찍하다. 다른 것과 달리 특히 만두를 좋아하고, 즐겨 만드는 이유가 있다. 어른이 되어도 잊지 못하는 어릴 때의 선명한 기억 때문이다. 엄마는 찹쌀떡과 손만두를 참 맛있게 잘 만드셨다. 그때는 형제가 많아서 많이 만들어도 먹고 싶은 만큼 충분하게 먹지 못했다.

찹쌀떡의 달콤하게 감기는 맛과 김치만두를 입이 터지도록 구겨 넣던 또렷한 그때의 맛을 생각하면 지금도 침이 고인다. 그 맛도 자주 볼 수 없었다. 설날이나 서울에서 고모가 오시는 날에만 먹을 수 있었다. 엄마가 아침부터 각종 재료로 버무린 만두소를 큰 그릇에 산 만큼 담아놓으면 난 어김없이 와락 달려들었다. 엄마가 예쁘게 만든 만두를 먼저 찜솥에 올리면 찌는 동안 연신 들락거렸다. 만두가 익으면 김이 폭폭 소리 내고 맛있는 향이 코끝으로 올라온다. 김에 서린 고소한 만두 냄새가 지금도 잊히지 않는다. 가끔 만두 찔 때, 올라오는 김에 코끝을 살짝 대보면 그때처럼 향기가 느껴진다.

엄마의 손만두는 추억이다. 엄마가 만두피를 만드는 동안 조몰락거리며 만들기에 끼어든다. 엄마를 도와 이리 삐죽 저리 삐죽 모양도 제

각각이다. 그래도 엄마가 만든 예쁜 만두에 더해져서, 고모를 대접하는 특별한 음식이 되었다. 나누기 좋아하는 엄마는, 산더미같이 만들면 담 너머 이웃집 할머니께 드리는 것도 잊지 않았다.

해마다 겨울이면 손만두를 여러 차례 만들면서도 또 만들고 싶은 것은 엄마 손맛의 향기가 가슴속에 박혀있기 때문이다. 만두소를 그릇 크기만큼 수북하게 만들어서 자리 잡는다. 양이 많아도 만들기 시작하면 힘은 조금 들지만 즐겁게 만들 수 있다. 또 하나의 즐거움은 나눔이다. 손수 만든 만두는 대부분 좋아한다. 몇 개씩 나눠서 얼려두었다가 선물하면 작은 것이라도 귀하게 받는 마음 때문에 만들고 또 만들고 싶어진다. 엄마가 담 너머 할머니를 부르면서 건네드린 음식처럼 누가 바라지 않아도 주는 기쁨이다. 그렇게 만들다 보니 열두 번 만들게 되었다. 이번 겨울에도 김장 끝나면 묵은김치로 또 만두 만들 생각에 혼자 마음이 부푼다.

10

생의 설렘과 소멸의 슬픔

✦

책을 볼 때 가끔 목차를 보고 특별한 이유 없이 제일 뒤 페이지부터 거꾸로 읽는 독특한 습관이 있다. 나름대로 쉽고 빠르게 작가의 감성을 먼저 느껴보고 싶은 마음이었다. 마지막 단락 몇 페이지를 읽고 나서 처음부터 읽으면 책 속에 깊이 빠질 때가 있다.

팬 입장으로 한정판인 것도 의미 있었고, 평소 습관대로 『엄마 그러지 말고』 책을 받고 소제목들을 훑어보았다. 뒷부분에 놓인 「붙박이생」이라는 제목과 글에서 풍기는 그림이 마치 평범한 7080세대에 어울림 직한 이야기 같았다.

살아보면 힘겨운 세월은 참 더디게 간다. 그에 비해 좋았던 세월은 빨리 흘러간 것 같다. 생생하게 푸르렀던 나뭇잎도 봄으로 다시 태어나기 위해 가을 속으로 사라지듯이 사람도 그렇다. 사람 사는 모습도 사람과 함께 했던 것들도 변하고, 서서히 늙고 병들어 자연으로 돌아간다. 생을 함께 했던 것들이 새로운 것에 밀리고 이용했던 것은 본 적도 없던 것처럼 서서히 사라지고 만다. 삐삐, PDA도 모기 오토바이도 그랬고, 그대가 본 형태만 덩그러니 풍장하고 서 있는 시장도 그랬다.

휴대전화에 관심이 많던 아이들보다 더 관심이 많은 나는, 터치 휴대전화가 처음 나왔을 때 무리하게 구매해 사용하던 때가 있었다. 꾹꾹 눌러야 쓸 수 있는 기능을 손끝으로 살짝 대기만 해도 순간 이동하는 화면이 신기했다. 그런데 신기한 것도 6개월이 채 안 갔다. 최첨단 기능이 내장된 또 다른 모델이 등장했다. 그땐 이전의 모델은 사라지고 없었다. 오래되지 않아도 과거에 느꼈던 변화에 비해 민감하게 급변하는 속도를 일상에서도 많이 느낀다. 오일장이 서는 시골의 장터에서도 느낄 수 있다.

10여 년 전 만 해도 장터 구석마다 먹을거리 볼거리를 둘러보며 산지에서 직접 재배한 것도 바로 구매할 수 있었다. 그때 시골에서는 마트보다 장터를 이용하는 사람들이 많아서 어깨를 부딪치며 난전 골목을 누비고 다녔다. 난전에 늘어놓은 천 원짜리 사계 국화 화분을 사면 본전 빼고도 남을 만큼 오래도록 볼 수 있었다. 일찍 파장하고 갈 거라며 떨이로 안기는 간고등어 파는 아주머니도 5일마다 만날 수 있었다. 그러나 이러한 모든 정겨운 표정도 인터넷의 클릭으로 거의 해결되는 첨단 문화에 밀렸다. 끈질기게 살아남은 몇몇 상인들에 의해 겨우 명맥만 유지해 갈 뿐이다. 상인은 늙어가고 어린아이들의 웃음소리가 줄어드는 시골 장터에도 언젠가는 빠른 물살에 휩쓸려 갈지도 모르겠다.

다시 돌아와 「붙박이 생」을 읽으면서 특별해 보이지 않을 것 같은 제목 때문인지 글의 의미에 집착한 것인지 몇 번이고 읽고 또 읽었다. 글을 읽으면 생각의 한계를 느낄 때가 있다. 작가로서 책 마무리를 앞두고 무슨 말을 하고 싶었을까? 또 의미는 무엇일까, 하고.

생의 설렘과 소멸의 슬픔을 생각한다. 태어남. 살아감. 죽음이 상징하는 언어 자체만으로도 무겁다. 더 이상 무겁지 않게 실낱같은 그리움을 하나씩 내려놓기를 연습해야겠다.

기억은 때로 바보일 때도, 지혜로울 때도 있어서 살아지는 것 같다. 삶과 함께했던 많은 것들이 사라지고 나면 남아 있는 것도 무뚝뚝한 추억이 된다. 한때는 사는 힘이었고 이유이기도 했다. 그러나 사람도 늙고 문화도 노화되고 세상의 흐름도 변한다. 불필요한 기억은 세월이 가면서 서서히 옅어져 가니, 나이 들어가면서 바보 같은 기억으로도 지혜롭게 살게 되는 것 같다. 살아보니 그렇다.

4.

글을 쓰며 찾은
찬란한 봄 꿈, 둘

1

아름다운 이솔로몬

✦

　도전하는 삶은 아름답다. 결과의 끝이 성공이든 실패든 상관없이 성공은 과정에서 만들어지기 때문이다. 실패를 딛고 일어설 힘은 결국 과정에 있다. 성공을 꿈꾸던 과거의 대구행 기차는, 불확실한 미래를 안고 가는 고향길이었을 것이다. 이젠 기다려 주는 이와 맞이하는 이도 넉넉한 마음으로 반기는 길이 되겠다. 꿈을 안고 달리던 기차도, 그대를 싣고 금의환향 길을 힘차게 달리고 싶었을 것이다.

　본인이 성공의 꿈과 목표 설정이 선명하고 간절했기에 노력도 남달랐을 것 같다. 비슷한 나이대에 비해 당당한 모습이 큰 어른 같다. 더 큰 성공을 위해 한 걸음씩 나아가는 모습에 큰 박수를 보내며 당당함을 배우고 싶다.

아름다운 이솔로몬.

이름에 아름다운 수식어가 붙는 이유가 있다. 힘겨울 때마다 자신을 벼랑 끝에 세우고 집념으로 일군 성공을 하나씩 증명해 내고 있으니, 아름다울 수밖에 없다. 끊임없는 도전과 이루고 증명하는 삶을 보면서 나도 용기를 내본다. 늦었다고 생각할 때가 많지만 간혹 내게 맞는, 희망을 품고 도전하는 삶을 그려보기도 한다. 주위에서도 아쉬운 청춘을 보낸 이들의 도전하는 모습을 많이 본다. 각자의 방식에 맞춰서 열정을 내고 시도하는 것을 보면 깊은 공감과 위안이 된다.

도전하고 시도하는 일이 손발에 땀이 나고 긴장된다는 말을 이해한다. 자신에게 아낌없이 칭찬하는 일은 당당하고 멋지다. 최고다. 다음 도전은 무엇일지 기대된다. 도전과 성취를 증명할 테니 우리 모두 힘과 용기를 내자는 말에 자신감과 용기가 생긴다.

대구행 기차를 타고 고향을 향하는 마음이 그때와 지금이 무엇이 다를까. 대구행 기차가 언제나 꿈의 열차이길 희망한다.

2

너라는 꽃, 우리라는 길

✦

인디언 속담에 친구를 '내 슬픔을 등에 지고 가는 자'라고 한다. 친구가 어려움에 부닥치거나 힘들 때 등짐을 기꺼이 나눠 질 수 있는 사람이라는 의미다. 외롭고 힘들 때 친구의 따뜻한 말 한마디는 다시 일어설 힘과 용기가 된다. 오히려 가족과 나누어야 할 슬픔도 때로는 친구와 소통하면 더 빠르게 회복되기도 한다. 경제적으로 어려울 땐 작은 나눔도 큰 힘이 된다. 특히 벼랑 끝에 선 친구에게 작은 힘을 보태어 마중물이 되어 준다면 그 힘으로 기꺼이 일어설 수 있다. 그보다 값진 것이 있을까. 삶에 있어 한 사람의 친구가 평생의 운명도 바꿔놓을 수 있어서 좋은 친구는 가족과 또 다른 의미의 가족이라고 생각한다.

솔로! 이름을 표현하는 코믹한 호칭이지만, 익살스러운 이름은 더 이상 표현하지 않아도 친구의 우정 어린 마음이 고스란히 담겨 있다. 투박한 듯한 말이 인상 깊다. 마음을 먼저 읽어주는 친구. 인생에 좋은 친구를 단 한 사람이라도 만날 수 있을까. 마음을 터놓고 이야기할 수 있는 친구면 좋겠다. 자주 만나지 않아도 어제 만난 것처럼 편안한 친구였으면 좋겠다. 떠올리면 가장 먼저 생각나는 친구라면 더없이 행복할 거 같다.

이솔로몬 작가의 진실한 마음을 보면 친구가 보인다. 대구 북 사인회에서 4시간 동안 잠시도 자리를 뜨지 않고 정성껏 사인하는 모습을 봐도 그렇다. 본심이 거기에만 국한되지 않을 것 같다. 진득한 마음가짐만 봐도 가까운 사람들에게 대하는 태도를 알 수 있다.

〈같이 걸을까〉 노래를 함께 부르기를 좋아하는 거 보아도 알 수 있다. 힘 있게 불러주었던 가사처럼 서로에게 힘이 되고 어려울 때 어깨를 내주며 함께 걸어가는 친구 같은 마음이 엿보인다. 곁에 좋은 친구가 있어 그대를 잘 지켜줄 것 같다.

친구는 꽃과 같다. 정성으로 가꾸어야 뿌리와 이파리가 튼튼하고 풍성하게 피는 것처럼 친구도 마찬가지다. 서로 지켜주고 믿음으로 가꾸고, 좋은 친구를 바라기보다 좋은 친구 되기를 먼저 해야 할 것 같다. 그대의 글과 영상을 보면 늘 배려하는 마음이 몸에 배서 누가 봐도 충분히 좋은 사람이다.

스스로 생각해 보았다. 본디 소심했던 터라 친구를 많이 두지 못했다. 끈끈하게 이어온 몇 명이 다였다. 한참을 못 봐도 어제 본 듯이 속 깊은 이야기 나눌 친구는 오직 한 사람이었다. 지금은 이솔로몬 작가 덕분에 책과 글쓰기로 행복한 일상을 보내고 있다. 또 글을 쓰는 환경에 맞는 블로그 활동하고, 이웃과 소통하면서 작은 꿈이 생겼다. 가족과는 또 다르게 삶의 활력이 된다. 하루하루가 예전과 다르게 책 읽기와 글쓰기로 매일 빈틈없이 채워진다.

이솔로몬 작가도 소중한 친구 중 한 사람이고, 함께 걸어가는 내 곁의 발걸음이다. 나도 역시 말없이 지켜주고, 바라봐 주고, 고개를 끄덕여 주는 친절한 친구가 되고 싶다. 진짜로 솔로 말만 해라. 진짜로 진짜!

3

너의 글이 나의 글로 피어나다

✦

    그대는 나의 스무 시절 이야기를 묻고 있는 것 같았다. 컴퓨터 앞에 앉아 무슨 말이든 하고 싶었는데 아무 말도 할 수 없었다. 이유 없이 울컥거렸다. 아니 이유가 있었다. 그때는 아쉬움이 많았고 아프게 생각되던 시간이었다. 세월이 흘러서 잊고 놓아버린 것 같아도 여전히 놓지 못하고 있었다. 철없이 눈물샘이 터져버렸다. 스무 시절은 이제 놓아야겠다.

    그땐 시간이 참 느리게 갔다. 방향 없는 이정표는 때로는 공기로 가득 찬 심지 없는 광고 구조물 같았다. 바람이 닿을 때마다 이리저리 허공을 저으며 몸부림쳤다. 내 모습이었다. 힘겨운 삶에 맞물려 버린 공허한 걸음은 살얼음 위를 걷고 있는 것 같았다. 늘 불안했고 어둠이 깊을수록 고독도 깊었다.

요즘 주위의 청춘도, 삶의 무게가 그때와 크게 다르지 않은 것 같다. 물질은 풍요롭지만, 삶의 행복지수는 높아 보이지 않는다. 풍요 속에서 상대적 빈곤을 느낀다. 사회가 급속히 발전했지만, 다양하고 복잡한 문제가 많다. 우리 청춘들은 불확실한 미래에 고뇌가 깊어진다. 꿈과 희망을 설계하며 가슴 부풀어야 할 그들의 밤이, 치킨집 사장처럼 가게 앞에 쪼그려 앉아 울분을 뱉을 깊은 한숨이어야 하는 게 참 답답하다. 지치지 말아 달라고 말하고 싶다. 명확한 꿈을 꾸고 집념으로 꿋꿋하게 일궈온 그대의 이야기와 지치지 않을 꿈을 아름다운 청춘에게 멋지게 말해줬으면 좋겠다.

20대는 그랬다. 많은 형제 틈에 스스로 미래를 개척해야 했고, 지속해서 학업을 이어가기가 어려웠다. 총총거렸던 시간은 가족 안위에 신경 쓸 일이 더 많았다. 특별할 것도 없이 몸에 배어있었고, 당연히 그렇게 지냈다. 그때는 대부분 그렇게 겪어오지 않나. 하지만 슬펐다. 문득 돌아보니 정작 나는 없었다. 내게 매우 인색했던 그때가 아쉬움뿐만 아니라 야속하기까지 했다. 서글픈 마음과 회의감이 들어 혼란스럽고 우울했다. 그대의 말처럼 한마디 물음만으로도, 스치기만 해도 감정선이 무너졌다. 그러나 그 순간도 찰나처럼 지나갔다. 지난 희로애락의 하나하나가 퍼즐 조각 같았다. 지나고 보니 그래도 다행은 찌꺼기처럼 남아 있던 슬픈 퍼즐 조각들이 손주들의 웃음소리와 함께 서서히 하나씩 치유되고 있었다. 손주들의 웃는 모습만 봐도 행복이 넘쳐난다.

이제는 나도 마음 밭을 일구고 향기로운 나무와 예쁜 꽃을 피우고 싶다. 글을 쓰며 내 안의 나와 이야기를 한다. 부족하고 어설픈 용기를 탓하지 않을 이야기를 나눈다. 그렇게 글을 읽고 쓰는 시간이 참 좋다. 어깨를 토닥이고 같이 울어주니 더없이 좋다. 이 시간만큼은 꽃이 활짝 핀다.

4

엄마의 분꽃, 내 마음의 눈물 꽃

✦

 엄마는 눈물이다. 마르는 법이 없다. 가슴에 고였다가 작은 일렁거림에도 눈물 꽃으로 피어난다. 나이를 먹어도 엄마를 떠올릴 때마다 눈물이 터지니 자식은 부모 앞에서는 영원히 철들지 못하는 것 같다. 『엄마, 그러지 말고』의 글처럼 짧은 이별 끝에서, 꿈속이지만 어머니가 던졌던 무거운 한마디에 얼마나 두렵고 무서웠는지 이해할 수 있을 것 같다. 가끔 꿈이 석연치 않으면 다른 세계의 현상을 겪은 것처럼 무서울 때가 있다. 혹시 현실로 이어지지 않을까 하는 두려움이 뇌리에 남기 때문이다. 실제로 어떤 사람들은 닥칠 일이 미리 꿈으로 나타난다고 하니 공포심마저 든다.

 하지만 대부분 사람은 꿈꾸어도 다 기억하지 못한다. 극심한 스트레스나 관심이 집중될 때 기억이 잘 난다고 한다. 어머니 사랑이 특히 각별한데, 꿈에서 각자 살길을 찾으라는 말씀이 꿈이지만 얼마나 서운하고 힘들었을지 이해가 간다. 어머니를 향한 마음이 참 애틋하고 다정하다. 글을 읽거나 노래를 들으면, 가슴 한편에 늘 어머니가 계시고, 꿈을 실현하는 과정에도 어머니의 힘을 느낄 수 있었다. 그런 어머니께서 꿈이지만 단호하고 냉정하게 하신 말 한마디가 참으로 슬프고 무섭게 다가왔을 것 같다.

　나도 어린 시절의 비슷한 경험이 있다. 꿈속에 아무리 엄마를 찾아도 어디에도 없었다. 한참 동안 찾아 헤맸다. 낮잠에서 깨어났어도 엄마가 없는 세상이, 6살 어린아이는 무척 두려웠다. 울면서 손끝이 피멍 나도록 골목 담벼락을 긁고 다녔다. 꿈속처럼 엄마가 진짜 사라졌을지도 모른다고 생각했다. 그때 기억은 어른이 되어도 무섭게 뇌리에 남았다. 공포심을 가졌던 것은 꿈속에서 매몰차게 뿌리치던 알 수 없는 엄마의 손끝 때문이었다.
　마침, 골목 끝에서 발견한 예쁜 분꽃이 엄마처럼 웃고 있었다. 분꽃이 아니었으면 시장에 다녀온 엄마를 보기 전까지 울음을 멈추지 못했을 것 같다. 어린 시절의 두렵고 잊히지 않는 꿈은 어른이 되어도 가끔 기억한다. 몇 년 전부터 본가 화단에 분꽃을 심고 가꾸는데 지금은 제일 좋아한다. 분꽃을 보면, 소박한 모습이 꼭 엄마를 보는 것 같다. 꽃 피는 계절이 오면, 분꽃을 볼 때마다 그리운 엄마가 꽃으로 핀다. 무심코 지나치다가도 다시 되돌아보게 된다.

가끔 감정이입하고 글 속에 빠질 때가 있다. 오늘이 그랬다. 조금 힘들고 눈물이 났다. 솔직히 말하면 각자 흩어지라는 어머니의 마지막 말보다 이별과 죽음이 갖는 두려움이 현실에서 느끼는 공포가 될까, 더 무섭게 느껴졌다. 이별과 죽음은 누구든 맞닥뜨리면 견딜 수 없는 고통이기에 더욱 그렇다.

글을 읽다가 문득 현실처럼 공포감이 생길 땐, 무심히 해맑게 웃고 있는 남편이 늘 곁에 있는 자리가 얼마나 소중한지를 새삼 느낀다.

고맙다. 사랑하기를, 낭만을 느끼도록, 열정 갖기를 보여 주고 애를 쓰니 고마울 수밖에.

5

꿈꾸는 청춘의 노후 설계

✦

가끔 꿈이 있으면서 생각만 할 뿐 시도하지 못하고 방황하는 청년을 만날 때가 있다. 이야기를 나누면 꿈이든 취미든 일단 시도해 보라고 말한다. 10년 후 적어도 자신이 후회하지 않게. 나이 들어서 청춘을 잘 살았다고 자신을 쓰다듬을 수 있도록 무엇이든 망설이지 말라고 한다.

풍요롭지만 어쩌면 가장 어려운 시대에 살고 있는 청춘일 수도 있다. 이야기 나눌 때면 어떤 좋은 말도 해줄 수 없어 말없이 눈 맞추고 웃을 뿐이다. 청춘과 부모는 서로 바라보는 관계로 출발은 다르지만, 노후로 가는 길은 같기에 공감하는 질감도 비슷하다.

그대를 좋아하는 이유가 또 있다. 나이가 지긋이 들어 흰머리가 많은 할아버지가 되었을 때를 상상한다는 말이 정겹다. 대부분 사람은 늙어있을 자기 모습을 길게 상상하지 않는다. 특히 청춘이라는 이름만으로도 푸르러서 100년을 살 것처럼 한다. 다가오지 않은 미래를 미리 걱정하며 에너지를 쏟을 필요가 없다고 생각하기 쉽다. 실제로 그런 친구를 만난다. 그러나 글처럼 반짝이는 생각을 만나면 안도감이 생긴다. 그 생각에는 적어도 고독한 노후는 절대 없을 거라는 확신이 들어선다. 고민하는 글에서 삶의 의지가 엿보이기 때문이다. 꿈을 품고 꿋꿋하게 가겠지만 사람에게 마음 다치는 일이 없었으면 좋겠다. 어쩔 수 없는 상황이라도 단단함으로 극복할 힘을 믿고 싶다.

요즘은 노후 설계를 20대부터 하라고 말한다. 벌써? 하겠지만 살아보니 맞다. 노후는 금수저가 아닌 이상 정기적으로 작은 부담을 미래의 몫으로 남겨두어야 한다. 연금처럼 작게라도 긴 시간을 투자해야 큰 목표를 이룰 수 있다. 청춘에게 먼 미래를 대비해 시작을 알리는 좋은 충고라고 생각한다.

그대는 일찍부터 버킷리스트를 계획하고 집념으로 일궈냈다. 믿음직한 청춘이라서 자랑스럽다. 걱정이 안 된다. 시인 작가, 가수, 외국어, 작곡가로서 모든 면에 철저한 준비로 이루어 내고 있다. 특히 「불쑥, 새벽이 나를 찾을 때」 앨범이 품고 있는 다섯 이야기 중 사랑스럽지 않은 노래가 없다. 더군다나 살처럼 탄생시킨 곡들이라니 더욱 애정이 가고 힘이 되는 노래다.

곡마다 담겨 있는 애틋한 사연이 본인의 이야기지만 우리의 이야기도 된다. 잊힌 낭만을 찾고, 다시 돌아가 청춘을 살게 해주는 힘이 생기기 때문이다. 가슴속에 붉은 동백을 피우게 하니 어찌 좋아하지 않을 수 있을까. 작사와 작곡을 겸해 다져가는 건강한 아티스트로 거듭나길 바란다. 대한민국에서 세계를 향해 멋지게 비상할 것을 믿기에 더 자랑스럽다. 미래의 아름다운 노후가 그림처럼 펼쳐진다. 그대와 친구가 되어 함께 걸어가는 동안은 과거에 집착하며 살 일은 없을 것 같다.

지혜로운 생각에 오늘도 난 꼼짝없이 베이고 말았다. 나 자신과 마주 앉아 현재를 잘 살기를 다짐해야겠다. 홀로 외로운 노인이 되지 않기 위해서.

6

버킷리스트 꿈을 현실로

✦

"형, 멋있어요!" 함성이 끝나고 객석 어디선가 비명 같은 외마디를 외친다. '고맙다'라고 응수하며 멋쩍게 웃고 다시 차분하게 무대 분위기를 이어간다. 대구 콘서트 현장에서 달콤한 팝송이 끝나고 들려온 외침이었다. 친구나 후배 같았다.

꿈은 간절히 꾸면 이루어진다. 많은 청춘은 꿈을 품고 도전을 멈추지 않는다. 그러나 간절히 꿈만 꾼다고 다 되는 건 아니다. 도전하는 동안 끊임없이 엄습해 오는 불확실한 미래. 상황에 따라 의식주를 해결해야 하는 최소한의 경제 유지. 유혹하는 젊음의 향유 등을 뿌리치고 가는 꿈은 너무 멀리 있다. 그렇게 만만치 않은 도전에 어떤 이는 진흙 속에서 연꽃을 피우고 열매 맺는다. 또 어떤 이는 미처 열매를 맺지도 못하고 갈망하다 지지 못하는 꽃으로 살아가기도 한다.

성공도 못 해 본 사람이 꿈을 말하는 것이 맞지 않을 수 있다. 하지만 좋은 본보기가 되는 모습을 보면 말하지 않을 수 없다. 그대가 역경 속에서도 아름답게 꽃 피우고 열매 맺기 위해 달리기를 멈추지 않는 것을 보면 본받을 만하다. 존재만으로도 희망과 용기를 주고 삶이 회복될 수 있게 영향을 준다. 어떤 좋은 말로도 부족하고 귀한 존재가 아닐 수 없다. 명확한 꿈과 반드시 이루어 내야 한다는 끊임없는 자기계발과 점검, 버티는 힘이 아니면 어려웠을 것 같다.

버킷리스트에 담긴 꿈을, 집념으로 실천해 나가는 모습이 대단하고 멋지다. 큰 박수를 보낸다. 수년의 시간이 흐른 뒤 서른쯤에 그토록 원하던 고향 무대에서 펼치는 생애 첫 단독 콘서트. 커튼콜 무대를 향해 들려오는 친구의 외침이 얼마나 뭉클했을까 짐작이 간다. 우연히 서울역에서 만나게 된 동네 친구의 반가운 눈빛도 그런 것이 아니었을까?

간절한 바람은 모두 이루어질까.

지성이면 감천이라니 극진한 마음이 부족한 걸까.

얼마나 더 버텨낼 수 있을까.

『그 책의 더운 표지가 좋았다』「명맥」 중에서

자신에 대한 물음에는 간절한 마음만 있었던 건 아니다. 우리가 만난 그대는 이미 갖춰져 있다. 끊임없이 새롭게 변화하고자 하는 노력과 실천까지. 그러기까지 모든 역경을 딛고 군세게 잘 견디고 당당히 나아가는 모습이 참 고맙다. 힘없이 막연했던 그동안의 암울함을 노래로, 글로, 책으로 담아 희망을 선사해 주어서 고맙다. 힘차게 뻗어나갈 서른 날, 앞으로의 날들을 함께 걷고 달려가며 응원한다.

7

믿음으로 달리는 청춘

✦

책상 위에 올려진 문진 속의 얼굴이 웃는다. 약에 취한 것처럼 웃음에 취해 나도 실없이 웃는다. 올해 2023년도 목표로 세운 독서량을 채우려고 책을 늘 곁에 두고 있다. 책을 읽으면서 마음에 들어오는 글귀를 적는다. 적는 동안 고정된 페이지에 집중하지 못하고 웃는 얼굴에 자꾸 눈이 간다. 힐끔 쳐다볼 때마다 사랑스럽게 웃는다. 어느 라디오 방송 중에 "우리는 친구니까."라고 했던 말이 떠오른다. 묘하게 감동이 온다. "응, 맞아! 우리는 친구지!" "이 나이도 친구가 될 수 있구나."

원래는 책을 끼고 사는 사람은 아니었다. 나도 한번 해 볼까, 하는 마음으로 작은 목표를 세웠다. 작년 12월부터 작가의 추천 도서를 읽기 시작했다. 나 역시 사족이 긴 글은 좋아하지 않았을 뿐 아니라 일기 쓰는 것도 진득하지 못했다. 작정하고 써도 일주일을 넘기지 못했다. 끄적이기 좋아하지만, 마음 밖으로 꺼내놓는 것에 익숙하지 못했다. 한 발짝 디딜 수 있게 처음 용기를 내게 된 것은 이솔로몬 작가의 블로그 글을 통해서였다. 어렵게 여겨졌던 글이 묘하게도 생각을 집중하도록 밀어 넣었다. 블로그 댓글을 쓰면서 글의 여백으로도 자유로운 상상을 하고 재미를 느꼈다.

내 생에 착한 학생이 되어보긴 처음이다. 출발은 작가의 배려 깊은 선한 영향력 덕분이다. 세상에는 글 잘 쓰는 사람, 노래 잘하는 사람은 많다. 화려한 퍼포먼스와 수식어라도 마음을 움직이지 못하면 글이든 노래든 좋아할 수 없다.

이솔로몬 아티스트의 글과 노래가 가슴까지 와닿았다. 웃는 얼굴에 눈빛이 예사롭지 않았다. 얼굴은 고등학생 같은데 행동은 청춘이고, 말씨는 숙성된 된장 맛이 나는 중저음 목소리가 매력 있었다. 예순도 반하게 만드는 공감 능력이 탁월했다. 넘치지도, 모자라지도 않게 느낀, 처음 모습이었다.

특히 투박한 경상도 사투리를 쓰면서, 잘 정돈된 말씨는 지금까지 만나본 청춘 중 가장 독특했다. 진심과 열정으로 부르는 노래. 자유로운 상상을 꿈꾸게 하는 글의 흡인력. 웃음이 예쁜 외모에 반전인 동굴 목소리. 그보다 지금까지 지치지 않고 달려왔을 시인과 가수로서의 여정까지. 이 모두의 입체적인 모습에 많은 사람이 좋아하고, 열광하는 것이 아닌가.

지금의 과정까지 겪었을 사막 같은 경험들. 위태롭던 불확실한 시간
이 얼마나 많았을까. 그럼에도 어느 것 하나 버릴 것 없는 그의 진정
성과 의연한 일연의 상황을 보면서 굳건하게 잘 버텨왔노라고 눈빛이
말하고 있었다.

그대가 달리는 중이다.
우리는 믿는다.
달리다 쓰러져 지치더라도 다시 일어설 용기를 믿는다.
다시 쓰러지지 않을 무릎의 힘을 믿는다.
멈추지 않고
기어코 버틴 힘으로
마지막 사막의 끝 오아시스에서
축배를 들 아름다운 청춘을 믿는다.

8

아쉬운 낙화, 더 아름다운 시작

✦

그대는 꽃인가

곧 사라질 바람인가

잠시 머물다 가는 그녀의 계절이

아쉬워할 틈도 없이 떠날 채비 한다.

짓궂은 바람이 재촉하고

무뚝뚝한 비에 더 버티지 못하니

젖은 꽃잎은 짧은 만남을 뒤로하고 초록만 남긴다.

그 모습이 하도 까칠해서 말을 걸려다 그만두었다.

『엄마, 그러지 말고』「낙화」를 읽고

참 따뜻하다. 「낙화」의 글에서 아주 잠시 피고 지는 꽃잎으로도 청춘을 일러준다. 짧게 머물다 가는 까칠한 꽃잎. 그녀들의 짧은 청춘에 사랑스러운 눈으로 바라본다. 나도 그런 마음과 눈을 닮고 싶다. 흩어질 꽃잎의 아쉬움을 그리워하는 넉넉한 마음을 생각했다. 생각의 깊이일까. 어쩌면 사소할지도 모를 낙화를 바라보는 시선이 꽃잎보다 곱다. 생을 바라보는 시선도 이와 같겠지.

"이 솔로몬한테 빠지면 답이 없습니다."

콘서트 중에서

정말 답이 없다. 답이 없는 매력에 빠져서 읽고 또 읽고. 일기는 일주일을 못 넘기면서 책을 필사한다. 쓰다 보면 언젠가 책 속에 해답은 있다고 믿는다. 나는 이제까지 낙화를 바라볼 때 까칠하게 사라지는 모습만 보았다. 사라지는 것에 관한 생각은 담아두지 않았다. 그래서 이솔로몬 아티스트의, 나에겐 없는 예리한 눈초리가 특별하게 느껴져서 좋았다.

벚꽃의 생애는 다시 되돌릴 수 없는 우리들의 짧은 청춘과 닮았다.

지난 청춘에 아쉬움이 많아서 그런지 안개처럼 왔다가 형체도 없이 사라지는 그런 마지막 모습을 좋아하지 않았다.

가장 아름다운 모습으로 내려놓듯 고요하게, 활짝 핀 꽃으로 떨어지는 동백이 좋다. 전 생애를 아우른 것처럼, 짧지만 고고한 삶을 사는 꽃. 지는 모습이 비록 초라할지라도 마지막까지 최선을 다하고, 생을 마무리하는 끝이 허접한 목련도 좋다. 이제 다가올 벚꽃의 계절에는 그리운 사람을 그리워하듯 기다려야겠다. 낙화하는 모습도 따뜻하게 바라보고 애틋하게 그리워할 수 있을 것 같다.

나는 '라테는 말이야…'라고 과거의 청춘을 말하는 것보다 지금 겪고 있는 청춘을 이야기하는 것이 더 좋다. 우리의 깊고 참신한 청춘을 보면 삶을 느낀다.

그럴 수 있다면, 아픈 청춘일지라도 누릴 수만 있다면 응당한 대가를 치르고라도 욕심내고 싶다. 청춘이 아팠어도 아팠는지도 모르게 보내서 더 그런 것 같다. 솔직히 청춘이 부럽다.

9

끝난 무대, 여운 속에서

✦

국민가수 프로그램에서 불렀던 〈연극이 끝난 후〉의 노래를 눈감고 들어 보았다. 노랫말처럼 연극이 끝난 무대에서 혼자 남아 우두커니 서 있는 주인공의 쓸쓸한 모습이 그려진다. 노래가 끝이 났지만, 아직 그림 속에서 빠져나오지 못하고 있었다. 마디마다 잠시 몰입했던 순간들이 사라지지 않는다. 나는, 아직 감동에서 벗어나지 못하고 있는 객석의 누군가가 된다.

연극이 끝나면 무대와 객석에는 두 마음이 공존하며 흔들린다. 배우는 부모가 되고, 자식이 되고, 친구, 연인이 된다. 온 힘을 다해 쏟았던 무대가 끝나고, 몰입하고 환호하던 객석엔 침묵만 남는다. 들떠있던 조명과 음악 소리도 사라졌다. 시간은 마지막으로 닿아 연극은 끝이 났지만, 가상 현실에 녹아 있던 배우와 모두 떠난 자리는 쓸쓸함과 공허함으로 가득 차 있다.

　관객은 무대에서 펼치는 배우들의 연기에 몰입된다. 마치 자기 일처럼, 울고 웃으며 풀어놓았던 감정을 수습하고, 돌아서 나올 때는 허전해 보이는 배우의 뒷모습이 아련하게 느껴진다.

　추억이 냄새와 온도, 촉감과 맛까지 여러 가지 감각을 가진다는 말이 이해가 간다. 실제로도 단순히 멋지게만 보이는 노래와 연기만을 기억하는 것은 아니다. 무대와 객석에서 마주 보는 서로의 느낌이 통했을 때 하나가 되고 관객도 몰입한다. 무대의 마지막 장면까지, 아티스트가 표현하는 감정 변화의 미세한 눈빛과 표정을 기억하고 싶어 한다. 때로는 섬세하고 눅진한 감성의 늪에서 제때 빠져나오지 못할 때가 있다. 심지어는 잊고 지냈던 가슴 뛰던 일들이 작은 불씨처럼 꿈틀거릴 때도 있다. 그렇게 잠깐이지만 웃고 울며 함께 했던 순간을 오래 간직하고 싶어 한다.

　사랑과 배려가 깃든 진실한 마음을 가진 사람이 향기가 난다. 글에서도 노래에서도 말씨에서도. 착한 미소에서도 느낄 수 있다. 진심이 담겨 있어야 가능한 당당한 표정과 자신감을 좋아하게 된다. 또 관심을 가지면 시간이 흘러도 지워지지 않는 좋은 사람으로 추억하고 싶어 한다.

　그대가 가진 힘, 에너지가 있다. 무대에서 느꼈던 슬픔과 행복하고 아름다웠던 순간들. 무대는 끝이 났지만, 관객의 마음은 아직 끝나지 않은 채 그대로 있다. 다 비우면 다시 채워서 멋있고 잘생긴 좋은 모습을 보여 주려고 애쓰는 그대가 있다. 그리고 정성을 믿고 기다리는 환호할 관객이 있다. 이처럼 함께라면 비틀거리며 흔들리는 불빛 기억이 아니라, 향기 나는 추억이 되어 모두의 가슴에 오래오래 남는다. 그렇게 믿고 싶다.

경계 너머로 흐르는 시간

✦

나도 모르게 가르마를 지나 윗머리에 있는 가마에 손이 갔다. 절대 눈으로 볼 수 없는 머리 위의 가마를 찾는 것은 불 꺼진 다락방에서 뭔가 찾기 위해 더듬거리는 것과 같다. 분명 윗머리와 뒷머리는 있는데, 경계가 있어야 하나 특별할 것도 없이 자연스럽게 한 곳에 중심이 되어 소용돌이치듯 돌아나간다.

글을 읽으면서 문득, 우리는 일상생활과 마음속에서 일어나는 일을 바르게 경계 짓는 것을 어려워하고 있다. 분별심으로 이어져 선을 긋고 갈등하다 결국엔 가마처럼 한 곳으로 휩쓸리며 공존한다. 인생의 대부분은 경계심을 가지고 살아간다. 사물이나 어떤 일을 구분하고 선을 긋는 일은 상호 간의 타협으로 쉽게 정리할 수 있지만, 마음이 내지 말아야 하는 지나친 욕심을 경계하기란 참 어렵다.

사람은 자신의 이익을 채우려고 하는 욕심이 있다. 특히 부모는 자식에 대해서는 누구 할 것 없이 비슷하다. 내 경우는 아들과 특별한 경험이 있어서 건강에 대한 욕심이 많은 편이다. 그러다 보니 지나친 걱정을 부담스러워할 때도 있다. 다행히 아들은 부모에 대한 걱정이 더 커서, 내 욕심이 크게 드러나지 않을 뿐이다. 고맙게 생각하고 있는 점이다.

"네가 선물이야."
"보고 싶어서 전화했어요."
아이들이 요즘은 자주 하던 전화가 뜸하다. 뜸한 전화도 통화 시간이 길지 않다. 심지어 먼저 전화해 주면 좋겠지만 내가 먼저 전화할 때가 많다. 한동안 소란하게 똑딱거리던 가족 메신저도 조용하다. 가끔 '보고 싶어서 전화했어요.'라는 한마디면 충분하다. 어떤 때는 은근히 기다려져서 '네가 선물'이라고 했던 말이 욕심이 되어 경계심이 흔들린다. 그러나 이젠 작게나마 가졌던 욕심도 허물어졌다. 참 신기하게도 요즘은 아이들에게 바라던 작은 욕심마저도 생각할 겨를이 없다. 예전과 다르게 하루 대부분 아쉽지 않게 시간을 보낸다. 책 읽고, 글쓰기와 블로그 활동으로도 시간이 부족하다. 글을 쓰기 시작하고 좋아하는 사람들과 교류하면서 공감을 나누는 것도 중요한 일상이 되었다. 불과 3년 전, 글쓰기 전과 확연히 달라진 일상을 그림처럼 보고 있는 아이들이 오히려 응원을 보낸다.

자연스럽게 가마에 손이 간다. 예전엔 그나마 파릇하게 돌던 가마가 이젠 힘없이 돌아눕는다. 윗머리와 뒷머리의 기준, 가마의 모호한 경계는 미소 짓게 한다.

5.

예순에 시작한 덕질,
작가가 되다

1

첫 고백, 너를 쓰면서 꿈을 가졌어

✦

저는 '꿈을 계속 품고 있으면, 반드시 실현할 때가 온다.'라는 말을 무척 좋아합니다. 꿈은 우리 삶을 가장 강력하게 밀고 나가는 원천이자 에너지라고 생각하기 때문이죠. 가슴에 품고 오랫동안 변치 않고 간직해 온 꿈이라면, 내면에는 치열하게 애쓴 삶이 녹아 있습니다. 물론 꿈을 이루기 위해서는 더 큰 노력과 희생이 필요할 테고요.

다시 태어난다면 가능한 많은 꿈을 이루는 삶을 살고 싶어요. 현재로선 가능한 것보다 불가능한 것이 더 많을 테지만, 가슴속에는 늘 소박하고 작은 꿈을 꾸어요. 이룰 수 있을 거란 기대를 크게 하지 않아요. 단지 가슴에 품고 있으면서 시도해 보지 못했던 것을 그냥 한번 해 보는 거예요. 혹시 실패하거나 멈추게 되는 일이 있어도 해 보지 않으면 아무 일도 일어나지 않으니까요. 그렇다고 꿈이 거창하지 않아요. 내 이름을 가지지 못해서도 아니에요. 정말 하고 싶은 것을 제대로 시도해 보지 않은 것이 가끔 슬프게 했어요. 꿈의 주체가 '나'라는 것을 잊고 산 내 잘못이 무엇보다도 커요. 잊고 산 동안 나이가 훌떡 먹어버렸거든요.

부모가 되니까 자신보다 가족의 성공을 먼저 꿈꿔요. 어느 부모라도 비슷할 거예요. 그게 전부라고 생각하니까요. 가족들의 소망이나 꿈은, 삶에 있어서 무엇보다도 가장 바라는 것이고 원동력이 되겠지요. 살면서 느끼지만, 각자의 꿈을 품고 노력하고 희생하는 일은 누구도 대신할 수 없고요. 직접 관여할 수 없는 일이니, 응원하며 기다려 주는 거죠.

이제 나이가 들어 생각해 보니, 가족을 응원하며 기다리는 동안 나에게 조금만 더 배려할 걸 그랬나 봐요. 그런 생각이 들 때면 조금 더 챙기지 못한 나에게 미안해요. 하지만 크게 아쉬워하지는 않아요. 여기까지가 제 몫의 삶이라고 생각해요. 저는 그렇게 태어난 건 가봐요. 사람마다 자기의 몫이 있고 뭐든 다 때가 있데요. 이제야 철이 드나 봐요. 그때가 저에게는 지금 같아요. 때라는 것은 이제라도 제가 살았던 흔적과 삶의 가치를 조금씩 키워가는 것이지요. 꿈꾸는 사람들처럼, 성공하신 분들의 모습을 보고, 책을 읽으면서 배우고 조금씩 따라 합니다.

변화와 감동은 두꺼운 책 속의 어려운 글에 있는 것이 아닙니다. 가볍게 읽은 한 줄의 문장에서도 보석처럼 빛나기도 하거든요. 이솔로몬 작가의 반짝이는 문장을 읽고 그럴 때가 있었어요.

시기에 맞는 삶이란 존재하지 않는다는 생각,
노력의 삶은 누구도 예측할 수 없는 변화를 불러와.

『그 책의 더운 표지가 좋았다』「어수룩한 고백」 중에서

누구라고 할 것 없이 사회가 줄 긋고 정한 것처럼, 적절한 때를 놓친 용기 잃은 자에게 자신감을 주었으니까요. 다른 누군가가 아니고 이솔로몬 작가의 문장이 변화와 감동을 주었다는 것이 중요하지요. 이로써 저는 모니언즈로서 의리는 지키고 살아야 할 것 같습니다. 고마우니까요.

2

문장에 기대어 바다를 그리다

✦

국민학생이던 시절에는 바다를 떠나고 싶었다. 외갓집이 있고, 고모가 살고 있는 서울에서 살고 싶었다. 거친 바다 삶을 사는 사람들에도, 땅을 일구는 삶. 어느 것에도 속하지 못했던 아버지는 실향민이었고, 수줍음 많은 엄마는 억척이었다. 바다를 기대어 살고 있으면서도 물들지 못하고, 힘에 부친 부모님의 삶은 팍팍했다. 아버지는 고모의 하나밖에 없는 남동생이었다. 그래서 기회 있을 때마다 아버지를 서울로 불러들여 곁에 두고 싶어 했다. 당시 어린 나도 고모 생각이 옳다고 생각했다. 고모가 아버지를 보러 올 땐 세 딸과 함께 왔다. 사촌 언니들은 여성스럽고 세련된 서울 멋쟁이였다. 나이 차이가 커서 어려웠지만, 꼬맹이 때부터 언니들이 동경의 대상이었다. 막내인 동갑내기 사촌은 얼굴이 하얗고, 통통해서 무척 부러웠다. 특히 서울 말씨

쓰는 것이 너무 귀여워서 붙어 다니면서 재잘거리길 좋아했다. 어린 마음에 사촌이 다녀가면 후유증이 심했다. 그때마다 고모 따라 서울로 가서 살고 싶은 마음이 더 크게 부풀어 올랐다. 그 후 머지않아 가족은 서울로 떠났고, 푸른 바다가 있는 고향을 오래도록 찾지 않았다.

지금은 고향 바다가 더 커졌다. 어른이 된 팔로 한 아름 안아도 귀퉁이조차 안을 수 없을 정도다. 관광객의 발길이 잦은 복잡하고 바쁜 곳으로 바뀐 지 오래됐다. 그대가 좋아하는 통영. 한국의 나폴리라고 불릴 만큼 아름다운 통영을 따라갈 순 없다. 하지만 거칠 것 같은 우직한 동해가 또 다른 아름다움으로 맞이해 준다. 요즘처럼 따뜻한 계절이면 해변을 따라 우거진 소나무밭의 솔향이 코끝에 와닿는 것 같다. 오빠들 뒤꽁무니 따라 천방지축 뛰어다니던 바닷가 모래밭 놀이터가 그립다.

어린 시절 해변의 모래밭은 지형이 바뀌어 사라진 지 오래다. 조개 줍다가 바닷물에 들어가서 물장구치고 놀던 그때의 모래밭이 아니었다. 바다 가까이 겨드랑이만큼 오던 물 높이는 어른들의 키를 넘을 만큼 위험한 곳이 돼버렸다. 그리움의 깊이만큼 패어버린 모래밭은 다시 돌아갈 수 없는 어린 시절의 추억일 뿐이다. 하지만 더 높아진 소나무 숲의 솔향과 추억은 아직 그대로 남아 있어서 떠나고 싶은 곳이 아니라 이젠 가고 싶은 곳이 되었다.

누군가 화면 속 바닷가 모래밭을 꾹꾹 눌러 밟고 지나갈 때,

텔레비전에서 불쑥 고향 소식을 알려줄 때,

젊은 내 엄마의 고운 모습이 새록새록 떠오를 때.

바다가 있는 내 고향으로 달려가고 싶다.

그곳에 가면 언제든 안아주니까.

3

너와 나, 그 단단함처럼

✦

　오랜만에 만나도 어제 만난 것처럼 편한 친구가 있다. 몇 살 아래지만 서로 같은 학년 학모가 되면서 누가 먼저랄 것 없이 친구로 지내게 되었다. 그녀는 우리 마을 부잣집의 둘째 며느리다. 새댁 때부터 이웃에 살고 있어서 길에서 마주치면 처음엔 눈웃음 인사하는 정도였다. 도회적인 느낌이 물씬 풍기는 맑고 단아한 모습은 멀리서 봐도 눈에 띄었다. 키가 나지막하고 여린 체구로, 작고 뽀얀 얼굴로 눈웃음칠 땐 복사꽃이 활짝 피었다.

　웃는 모습이 귀엽고 예뻐서 우연히 길에서 만나면 먼저 다가가 웃었다. 작고 통통한 손은 금형 기계에서 막 찍어낸 조형물처럼 흠결 없이 하얬다. 물을 한 번도 만져보지 않은 사람 같았다. 한창 시댁 어른들의 문화에 적응해 가고 있던 나는 서울 말씨를 쓰는 그녀와 비슷한 상황이었다. 친정 가는 길도 같아서 조금 더 쉽게 가까워질 수 있었다. 그녀는 평소에 잘 웃기도 하지만 말수가 적어서 조용한 편이었다. 하지만 어떤 때는 대화하다가, 자신의 관심사에는 얼굴이 상기되고 자지러질 듯이 호탕하게 웃었다. 그럴 때는 스물두 살 새댁의 모습은 온데간데없다. 아직은 남의 집 며느리 되기 아까울 만큼 푸른, 영락없는 청춘의 모습이었다.

세월이 흘러도 그녀는 여전히 곱다. 손끝이 야무진 반찬 솜씨는 혀를 두를 정도여서 매번 요리법을 물어보고 따라 하곤 했다. 나는 나이만 몇 살 더 먹었지, 서툰 살림 솜씨는 그녀의 절반도 따라가지 못했다. 한결같이 밝고 적극적이었다. 불의를 보면 지나치지 못하고 해결사를 자처하는 모습이 마치 여장군 같았다.

10여 년 전쯤, 부족함 없이 완벽할 것 같은 그녀가 어느 날부터 점점 약해졌다. 곧이어 시름시름 앓기 시작했다. 그렇게 앓아눕기 전까지, 한 끼에 절반도 안 되는 양을 보고, 이슬만 먹고 사냐고 핀잔을 준 것이 미안했다. 뚜렷한 병명 없이 누구에게도 설명할 수 없는 고통이 본인만의 느낌으로 다가온다고 했다. 마치 신병처럼 별다른 차도 없이 고통은 오랫동안 지속됐다. 원인을 알 수 없는 고통은 그녀를 점점 피폐하게 만들었고, 선명했던 얼굴이 점차 초점이 흐려져 갔다. 마치 수명을 다한 시든 꽃 같았다.

그 후 퇴근하면 그녀의 집으로 달려가 침대 머리맡에 누워 밤늦도록 이야기를 나누었다. 우주를 받치고 있는 것처럼, 머리를 들 수 없을 정도로 무겁다고 했다. 그렇게 고통스러워하던 그녀의 하루는 나의 퇴근 후의 일상을 바꿔놓았다. 매일 저녁 침대에 나란히 누워 얼굴을 맞대고 이야기하는 것을 좋아했다. 하지만 그녀의 고통을 덜어내는 어떤 것도 찾을 수 없었다. 어쩌다 병색이 짙어 유난히 힘들어하는 날이면, 멀리 떠날지도 모른다는 두려운 생각이 들었다.

맑은 날이면 마을 근처 냇가에 돗자리 깔고 누워 돌돌 거리는 물소리만 듣고 있어도 좋아했다. 해가 떨어지면 벤치에 기대어 별을 세거나 멍하니 하늘을 쳐다만 봐도 좋아했다. 함께 있는 시간 대부분 지나온 이야기를 들어주는 것이었다. 아픔을 공감하며 함께 울었고, 기쁜 일은 맞장구치며 호탕하게 웃기도 했다. 자정이면 사라지는 신데렐라가 되어, 그렇게 여름의 시작부터 가을바람이 불 때까지 이어졌다. 누워서만 생활하느라 제대로 몸을 세우지 못하던 그녀는 찬바람이 돌면서 차츰 화색이 돌기 시작했다. 차갑게 식어있던 그녀의 온기가 데워지고, 집 안 구석구석 얼어붙었던 냉기가 서서히 녹아내리고 있었다. 천천히 그리고 차분하게 원래의 자리로 돌아가고 있었다.

그녀는 대추차를 좋아했다. 카페에 들러 한참 동안 찻잔에 눈을 떨구더니

"언니, 이제는 언니라고 부르고 싶어요. 부끄러워 선뜻 부르지 못했는데…."

"그동안 곁에 있어 줘서 고마워요."

말을 더 잇지 못하고 반짝이던 눈에서 눈물이 또르르 흘러내리고 있었다. 그 후 누구의 엄마로 통하던 사이가 급속도로 가까워지게 됐다. 그녀와는 결이 아주 달랐다. 언니 같은 친구, 동생 같은 친구로 지내면서도 서로 필요 이상의 많은 것을 묻거나 알려고 애쓰지 않았다. 아팠던 이유에 대해서도 한 번도 말한 적이 없었다. 단지 어린 신부로 시작해 층층시하에서 극복했을 눈물겨운 사연만 겨우 짐작할 뿐이다.

지금까지 이어온 우정은 오랜만에 만나도 어제 만난 것 같고, 오랫동안 연락하지 않아도 서운해하지 않는다. 만나면 친절한 반가움뿐이다. 스물두 살의 어린 새댁으로 처음 만나 지금까지 오랫동안 변치 않는 우정을 지켜올 수 있었던 것은 절대 가볍지 않은 의리와 서로의 믿음이 있었기에 가능했다. 가마솥 뿌연 연기 속에서 우러나는 깊고 진한 국물의 맛이란 그런 것이 아닐까.

4

길 위의 기억

✦

　5년 전쯤 어느 봄날이었다. 창밖으로 보이는 논에는 대부분 모심기를 끝내고 제법 자라서 온통 파랗게 봄의 빛깔과 향기로 가득했다. 창문으로 들어오는 바람이 부드럽고 상쾌했다. 오랜만에 가져보는 여유를 만끽하며 좁은 시골 도로를 달리고 있었다. 비교적 한적한 길이라서 여유롭게 콧노래를 부르며 흥얼거렸다. 먼 산 위에 펼쳐진 그림 같은 하늘을 쳐다보고, 저수지와 사과밭을 지나는 동안 풍기는 퀴퀴한 거름 냄새가 싫지 않았다. 가끔 골마다 드문드문 보이는 동네는 레고를 조립한 것처럼 옹기종기 모여 정겹게 보였다. 오랜만에 해발 600미터를 굽이 도는 여우목고개 길을 따라 이웃 마을로 천천히 달리고 있었다.

　그렇게 한적한 오후 풍경에 취해서 얼마쯤 달리고 있었을까. 동네를 벗어날 즈음, 음악 소리에 흡수된 듯한 마찰음이 빠르게 부딪히며 보이지 않던 그림자가 스쳐 갔다. 순간 움찔했다. 이렇게 한적한 도로에 그럴 리가? 순식간에 벌어진 일이었다. 착시현상이면 좋겠다고 생각했다.

백미러 속으로 그림자가 절뚝거리며 어디론가 사라졌다. 몸집이 크지 않은 누런 개였다. 너무 미안하고 미안했다. 가던 길을 멈추고 이내 차에서 내려 두리번거리며 주위를 살펴보았지만, 찾을 수가 없었다. 겁에 질려 어디론가 빠르게 숨어 버렸거나 달아난 것 같았다. 조금만 조심하면 일어나지 않았을 일을 자책했다. 행여 심하게 다치지는 않았을까 궁금했지만 찾을 수 없었다.

다시 차에 올라 여우목로를 달리는 내내 목에 못이 걸린 것처럼 답답했다. 도저히 그대로 갈 수 없어서 가던 길을 포기하고 되돌아올 수밖에 없었다. 장소에 다시 도착하여 두리번거리고 살펴봐도, 절뚝거리며 사라진 개를 찾지 못했다. 집에 돌아와서도 며칠 동안 백미러 속에서 사라진 개가 머릿속을 떠나지 않았다. 책을 보고 있어도 아른거리고, TV를 보고 있어도 생각은 온통 거기에 가 있었다. 얼마간의 기간을 정하고, 매일 개의 안전을 위해 기도했다.

꽤 오랫동안 그때 일이 생각났다. 길을 가다가 개나 고양이를 봐도 떠올려졌다. 또 운전할 때도 동물 사고가 잦은 구역이나 출몰 지역은 조심하는 버릇이 생겼다. 지역 특성상 동네를 조금만 벗어나도 멧돼지나 고라니, 뱀 등 동물들이 가끔 출현한다. 매주 절에 올라갈 때는 혹시 먹이 찾으러 내려올지 모르는 고라니 등 작은 동물을 위해 속도를 줄이고 살피는 버릇이 생겼다.

마침, 얼마 후 부처님 오신 날이 다가왔다. 그때 일을 계기로 자동차 사고를 당한 동물들을 위해 축원하고 나서야 조금 위안이 되었다. 미안한 마음을 다 헤아릴 수는 없지만, 아주 작게라도 그렇게 표시하고 싶었다.

그래서 내게는 예나 지금이나 동물을 키우는 것을 부담스러워하는 이유가 있다. 우리 아들이 어릴 때, 애지중지하며 키우던 새가 어느 날 내 부주의로 떠나버렸다. 그 후 며칠 동안 아이가 슬픔에 잠겨 무척 힘들어했다. 동물에게 쏟는 정이 인간관계에서 맺는 정만큼 깊을 수도 있겠다는 생각이 들었다. 어느 날 떠나 버린다면 슬픈 감정을 감당하기 어려울 것 같았다.

『그 책의 더운 표지가 좋았다』의 「비참한 달리기」 글을 읽으며 잠시 여러 가지 생각을 하게 됐다. 정들었던 새를 잃었을 때 마음처럼, 매일 문밖에서 꼬리를 흔들며 반기던 강아지를 더 이상 볼 수 없는 슬픔도 비슷할 것 같다.

유년 시절에 있었던 강아지의 비참한 모습이 고스란히 남아 책의 한 페이지를 담당할 정도로, 어른이 되어서도 잊지 못하는 마음을 알 것 같다. 그만큼 어린 시절의 기억이 또렷이 남아 있고, 슬픔이 컸을 거란 생각이 들었다. 나 역시 이 글을 쓸 수 있었던 것도 그때의 선명한 기억이 남아 있어서 그럴 수 있다. 정이 사랑보다 더 깊은가? 어리석은 물음을 가져본다.

5

푸른 잔디 위, 5월의 성장 이야기

✦

5월의 햇살이 따사롭다. 이틀 동안 비에 씻긴 길 위로 앞산의 푸르름이 더욱 선명하게 다가왔다. 먼지 툭툭 털며 고개 밀던 잡초도 그새 훌쩍 자라 길가에 빼곡하다. 화단 돌 섶에 점점이 흩어졌던 불꽃 채송화도 아기 손가락 같은 이파리를 내밀더니 쑥쑥 길어지기 시작한다. 며칠 전만 하더라도 가지마다 촘촘하게 새 혓바닥 같던 잎새도 산사의 하늘길을 가득 메우고 은근한 풍경소리에 봄이 익었다.

오후 내내 도량 내 잔디밭의 풀을 뽑았다. 이틀 동안 비가 오고, 하늘과 바람이 맑은 덕에 흙은 적당히 묽어졌다. 철없는 잡초는 잔디보다 훨씬 웃자라고 있었다. 고개 쳐들다가 눈에 띄기만 하면 뽑혀 나가니 잡초의 일생은 짧고 모질다.

잡초는 생명력이 질기고 번식력도 강해서 흙 밑바닥을 실핏줄처럼 얽어맨다. 잔디 뿌리가 단단해져 흙 밑에서 밀도를 높이기 전까지 뽑아내지 않으면 푸르러야 할 잔디도 결코 견뎌 내지 못한다. 잔디가 자기 영역에서 뿌리내리고 단단해지기 위해서는 끊임없이 잡초를 뽑아내야 하는 정성이 필요하다. 우리의 삶도 자연이 살아내는 방법과 비슷하다. 어느 누군가의 정성과 희생이 없으면 푸른 잔디에 누워서 5월의 에메랄드 하늘을 만끽하지 못할 것이다.

어린 아들은 눈이 맑고 깨끗해서 크리스털처럼 반짝거렸다. 눈 맞추고 배시시 웃을 땐 천사였다. 뭐든 호기심이 많아서 나비처럼 자기만의 세상에서 맘껏 날았다. 아들은 색연필이 손에 묻기라도 하면 수업 중에도 손을 씻지 않고는 못 견뎌 했고, 자주 다치는 아이였다. 유치원 다닐 때는 돌보기 어렵다고 미술 학원에서 3일 만에 거절당하기도 했다. 그러던 아들이 어깨에 손을 얹어 쓰다듬고 안아준다. 어른이 되어 있었다. 둘이 한참을 걷다가 자기보다 걸음이 늦어지면 보폭을 맞춰 천천히 함께 걷는다. 더 넓은 등에 기대어 뭐든 하라고 한다. 눈 맞춘 웃음이 애틋하게 꿀처럼 떨어진다.

성장은 누군가의 희생으로 대신해서 아파주지 않으면 자라날 수 없는 일. 부모님의 희생은 무엇으로도 보답할 수가 없다. 다하지 못한 마음으로 보내드린 부모님을 회상하며, 훌쩍 커서 어른이 된 아들의 사랑을 다시 느낀다.

이렇게 맑은 날엔 조금 물러나 푸른 잔디 위에서, 하늘을 우러러 누워보고 싶었다. 그러면서도 한편으론 하늘을 볼 수 있을까 하고 미안한 생각도 했다. 글을 통해 그대의 아름다운 마음을 들여다보고 내 모습을 보니 부끄러웠기 때문이다. 깊은 생각과 글에 따라쟁이가 된 난 그제야 사람을 깊이 사랑할 수 있게 된 것 같다. 오늘도 조금 더 성장할 수 있어서 고맙다.

6

노래와 인연이 쓴 작가의 꿈

✦

　백두대간 소백산 중심을 이루는 주흘산은 읍에서 올려다보면 마치 여인이 누워있는 형상이다. 가을이면 물감을 풀어놓은 것처럼 서서히 물들기 시작하면 붉게 물든 낙엽이 너울너울 춤추며 내려온다. 아름다운 산세로 절경을 이루며 내려오다 폭포에 다다르면 곧추세운 버선발을 담그던 선녀들의 쉼터를 지난다. 다른 한쪽 갈래 길로 내려오다 문경 새재 제2 관문 조령관 옆에 있는 울창한 소나무 숲에 들어서면, 머리맡 위로 맑은 햇살이 솔잎처럼 쏟아진다. 붉은 노을 같은 단풍잎이 온 산을 메우고 그윽하게 온통 가을 향기로 가득하다. 이어지는 길은 선비들이 과거 보고 돌아오는 길에 들러서 시름 덜던 주막이 있다. 이곳에서 나무껍질 같은 시름 걷어내고 목 축이며, 터덜터덜 넘어왔을 고갯길을 내려오게 된다. 금의환향 길이 고단한 삶의 여정을 더 많이 느끼게 하는 길이다. 주막은 선비들의 애환을 품고 있어서 들어서면 막걸리 향내가 아직 남아 있는 것 같다. 지금은 산속의 작은 풍경으로 아름답게 재현해 과거 속의 장소로 남아 있다.

떨리는 피리 소리가 어울릴 법한 산중에 어디선가 애잔한 흐느낌이 바람 타고 가느다랗게 들려왔다. 소리 따라 들어간 곳은 선조들이 과거 보러 가는 길에 목을 축이기 위해 들렀던 이들의 쉼터가 있었다. 주인장의 색소폰 소리와 낭만이 더해진 가을 풍경 속 아주 멋진 곳이었다. 색소폰의 애절함이 가슴속에 콕 박히는 것 같다. 그때 우연히 알았지만, 주인장은 가까이에 살고 있는 이웃이었다. 그때 주인장의 적극적인 권유로 색소폰 동호회 활동을 하게 되었다. 그러나 얼마 지나지 않아 취미가 맞지 않고 흥미를 느끼지 못해 그만두려던 참이었다. 그러다 지도 선생님의 칭찬 한마디가 끈이 되어 취미생활이 다시 시작되고 곧 빠져들게 되었다. 당시는 잠시 빌리는 학교 강당 외에는 연습할 장소가 없었다. 한적한 나무 그늘과 농로에 자동차를 세우고 차 안에서 짬만 나면 연습했다. 서툰 감각으로 집요한 연습벌레가 되었다. 몇 년 지나고 백지영 원곡 〈사랑 안 해〉를 정해서 집중적으로 연습하고, 기회가 되면 즐겨 연주하는 곡이 되었다.

2021년 겨울, 무심코 국민가수 오디션 프로그램에서 〈집시여인〉 예심을 시청하게 되었다. 그때만 해도 처음 본 이솔로몬 가수의 목소리가 좋고, 웃는 모습이 귀엽고 예쁘다고만 생각했다. 그리고 곧 잊고 있었다. 국민 가수 오디션 막바지에 이르렀을 무렵이었다. 우연히 보게 된 〈사랑 안 해〉를 남자 가수의 목소리로 부르는 모습이 대반전이었다. 시를 써 내려가듯이 슬프고 풋풋한 사랑 노래가 한 편의 시처럼 느껴졌다. 그 후 노래하는 시인 이솔로몬의 노래와 이야기에 점점 더 빠져들기 시작했다. 노래를 들으면서 삶의 아쉬운 마음을 조금씩 덜어내는 기회와 위로가 되었다. 그때의 모습은 지금도 좋다. 스치듯이 우연히 관심 두게 된 뜻밖의 계기가 삶의 또 다른 전환점이 되었다. 색소폰 연습할 당시에 〈사랑 안 해〉 한 곡으로 집요하게 매달려 연습하고 좋아하지 않았다면 관심과 애착이 어려웠을 것 같다. 그리고 글을 쓰고 작가가 되려는 꿈이 먼 이웃의 일이었을 지도 모르겠다. 인연은 참 묘하다. 문경 새재 과거 길을 터덜터덜 내려오다 색소폰과 인연을 맺고, 좋아하는 노래를 통해 이솔로몬 아티스트를 알게 되었다. 그리고 작가의 꿈을 가지게 되었다. 참 고마운 일이다.

7

삶을 쓰다, 정크 아트처럼

✦

하루 종일 눈이 내렸다. 시골 마을을 오목하게 품고 있는 주흘산이 손을 뻗으면 닿을 듯이 가까이 와 있다. 눈 내리는 날은 산봉우리에 수북하게 눈 덮인 모습이 더 가까이 와 있는 것 같아서 금방이라도 안길 것 같다. 오늘 같은 날, 눈을 맞으면서 산책로를 따라 어디까지라도 걷고 또 걷는다. 걷다 보면 시인의 감성을 훔친 것처럼 시어가 저절로 나오고 겨울 풍경에 녹아버린다.

가끔 아쉽지만, 요즘 눈에 관한 생각은 첫사랑을 추억하고 싶을 만큼 매력적이지 않다. 낭만적이라고 생각하기엔 살짝 어색하지만, 쓰고 있던 검정 우산을 머리 위를 빙그르르 돌려본다.

찬바람이 따갑게 닿는다. 살갗으로 차갑게 느껴지는 짧은 순간에도 이미 정보에 의해 오염된 눈으로 저장이 돼 있어서 그런지 낭만적이지 않았다.

　어릴 땐 눈이 오는 날에 까만 우산도 잘 어울렸다. 표정이 하나같이 순수하고 맑았다. 언젠가부터 눈은 방해꾼이 돼버렸고, 하얀 눈 맞으며 낭만을 즐기기엔 머리카락의 단단함도 힘을 잃었다. 우산 쓰고 눈밭을 뛰며 놀아도 아름다운 추억거리였는데 이젠 그런 낭만도 사라져 버렸다.

　눈 오는 날엔 가끔 읍내의 작은 카페에서 커피 마시며 멍하니 앉아 있기도 했다. 한적한 농로를 따라 돌아 돌아 걸어서 시내에 들어서면 작은 카페의 상냥한 여주인은 기다렸다는 뜻이 반갑게 맞아 준다. 바닷가가 고향이라는 공통점 외에는 특별한 것이 없지만, 만나면 늘 웃는 모습이 좋아서 자주 간다. 흐린 날씨 탓에 저녁이 가까워지자, 어둠이 몰려오고 바람이 심하게 불었다. 서둘러 일어나 발걸음을 옮기던 차에 쓰고 있던 검정 우산이 카페 벽 모서리에 걸렸다. 아차 하는 순간 날개를 받쳐주는 살이 부러지고 말았다. 평소 남편이 아끼던 우산이었다. 아쉬운 대로 그냥 쓰고 다니기에는 체면이 구겨질 거 같았다. 그렇다고 좋은 건 아니지만 펴고 접는 편리함에 즐겨 쓰던 우산을 버리기도 아까웠다. 남편이 우산을 펴놓고 부러진 살을 고쳐 볼 심산으로 만지작거리고 있었다. 갑자기 웃음이 나왔다. 영락없이 돌아가신 친정아버지였다.

아버지는 평소에 근검절약이 몸에 배어있고, 고쳐 쓰는 것을 좋아하셨다. 무엇이든 만지작거리면 원래 모양대로 뚝딱 만들어 냈다. 특히 우산에 애착이 많아서 새것처럼 고쳐서 쓰는 것에 익숙했다. 형제가 많으니, 우산의 숫자도 물론 많았다. 망가져 못쓰게 된 우산을 모았다가 미다스의 손처럼 새로운 예술품으로 재탄생시키기도 했다. 아버지의 모습이 남편의 모습에 비치니 괜스레 웃음이 나왔다. 고친 우산은 그리 대단치 않아서 예술품으로 비교하기는 어색지만, 버려질 것이 버려지지 않으므로 창의적인 변화와 회복을 의미하기 때문에 좋아한다.

모처럼 여유로운 산책을 했다. 남편을 통해서 그리운 아버지와 추억 여행하는 동안 고장이 난 우산으로 정크 아트를 만나게 되었다. 기분 좋은 일이다. 정크 아트를 접하면 또 다른 창작을 만난다. 어쩌면 버려질 물건에 의해 재탄생되는 예술의 가치는 의미가 몇 배 더 커지는 느낌이다.

버려질 것이 놀라운 눈초리에 의해 선택이 되면, 어떤 이는 치유와 희망의 계기가 되고, 삶의 지침이 되기도 한다. 인생의 멋진 작품으로 다시 태어나는 것과 같다. 모든 사람이 소중한 것을 소중하게 다루는 날이 오기를 바라는 고운 마음이, 그대의 간절한 바람대로 이루어졌으면 좋겠다.

8

가슴 속 빛을 꺼내 글로 쓰다

✦

「밥 사는 시간」 언제가 마지막일지 모를 그들과의 시간을 사는 거라니, 제목에서 보듯이 누군가와 밥을 먹는 화기애애한 분위기가 느껴지는 편안한 글이다. 일반적인 풍경을 생각하고 한 편의 시를 감상했다. 처음에는 편안하게 읽고 지나간 글이었다. 좋은 사람과 함께 밥을 먹는 일은 일반적인 풍경이라 의미를 두지 않았다. 하지만 다시 반복해서 읽고 난 후에는 무척 신선하게 다가왔다. 시처럼 짧고 편한 글이지만, 제목에 함축된 의미가 있었다.

나는 가족과의 만남부터 지인과 교류하며 이야기 나누기를 좋아한다. 의미는 사랑하는 사람과 밥 먹고 차 마시고 공감과 위로가 되는 시간을 좋아한다는 것이다. 시간을 산다는 것은 생각해 보지 않았다. 더군다나 언젠가 마지막일지 모르는 시간을 산다는 말이 충격이었다. 다시 읽게 된 짧지만, 긴 여운을 남긴 문장은, 방금 낚아 올린 생선처럼 펄떡거렸다. 글을 읽고, 노래를 들으면 언제나 위로와 감동을 받는다. 책에서 보여 주는 메시지를 통해 잊었거나 잃었던 젊은 날의 아쉬웠던 청춘 시간을 사 모으고 있었다. 심지를 밝히는 촛불 같고, 흔들리지 않는 바위 같은 글이다. 나와 밥 먹어준 시간을 산 것처럼 행복하다.

    사랑하는 사람과, 사랑해 주는 사람은 모두 성장의 밑거름이 된다. 나를 성장시켜 준 그들에게 좀 더 나은 모습을 보여 주고 싶다. 그동안 나는 그들과 함께했던 시간을 샀던 거다. 그들에게서 시간을 샀지만, 갚을 생각을 미처 못했으니까 결국은 많은 빚을 지고 산 셈이다.

    언제가 마지막일지 모를 시간이, 인생 시계의 절반을 훨씬 지났다. 우울했던 시간이 지나고 매일 책 읽고 글 쓰며 행복지수를 높여가고 있다. 지금, 이 순간 찬란한 빛을 깨닫게 해준 그대에게 가슴속 다 뒤져서 가장 좋은 말을 해주고 싶다.

    고맙다, 그리고 사랑한다고.

9

눈치 여행, 글로 빛나다

✦

복숭아뼈 위에 생긴 각질 같은 민망한 눈치라면, 내게도 웃지 못할 사연 몇 가지가 있다. 최근 모니언즈가 되기 전까지는 아이들을 만나러 가는 일 외에는 특별히 장거리 가는 일이 많지 않았다. 가끔 긴 외출로 늦을 경우, 예전 같으면 스스럼없이 이야기할 수 있었던 것이 언제부턴가 눈치를 보게 됐다.

남편과 나는 각자 다른 팬이었다. 이른 아침 서둘러 김밥과 커피, 응원 도구를 챙겼다. 오랜만에 소풍 가듯이 고속버스에 몸을 싣고 인생 첫 이벤트인 국민가수 서울 콘서트를 함께 갔다. 이때만 해도 같은 문화생활로 눈치 볼 일은 없을 줄 알았다. 얼마 지나지 않아서 남편은 익숙하지 않았던 문화생활에 적응하기 어려웠는지, 본인이 좋아하는 아티스트에 대해 점차 흥미를 잃었다. 심지어는 현장에서 듣는 아티스트의 폭풍 같은 에너지의 참맛을 이해하지 못했다. 콘서트를 가기 위해 일찍부터 서두르고, 하루를 투자해서 장거리 다니는 것을 탐탁지 않아 했다. 물론 거기에는 지방에서 장거리 운전을 하는 부담을 걱정하는 마음도 포함되었다.

이솔로몬 아티스트의 멋진 단독 콘서트가 열리면 각각 다른 팬이 아닌 같은 팬으로 함께 하고자 했던 바람은 물거품이 되었다. 그 후로 콘서트에 남편과 함께 가는 일은 엄두도 못 냈지만, 기회도 사라졌다. 부끄러운 일이지만 어쩔 수 없이 가끔 활동하던 동호회를 핑계로 장거리 외출이 빈번하게 늘어났다. 혼자 하는 자유여행은 꿈 같았다. 한편으로는 아들과 비슷한 또래의 아티스트를 보겠다고 콘서트에 쫓아다니는 것이 미안했다. 그래도 한쪽 자리 내어주고도 엄마 마음 알아주고 응원해 주는 아들이 고마웠다. 콘서트 가는 것이, 사람을 만나서 즐겁고 행복해지는 일들과는 비교되지 않는 또 다른 즐거움이었다. 함께 공감하며 같은 주제를 가지고 착한 모니언즈와 나누는 대화는 또 하나의 즐거움이었다.

시즌이 되어 콘서트에서 늦은 귀가가 거듭되면 눈치 보기 십상이다. 입맛 다시던 차가운 치킨을 먹다 들킨 것처럼 눈치 주지 않아도 스스로 목에 걸려 갇혀버리고 만다.

어느 날 남편이 미처 챙기지 못한 하이패스 고지서를 들고 나타났다.

"이게 뭐지?"

"…."

"카드 해킹됐을지 모르니 알아봐요."

"네…."

두 근 반 세 근 반 하는 마음으로 들여다본 결제 날짜들은, 콘서트 다닌 날과 일치되었다. 새파란 웃음이 나왔다. 간이 콩알만 해졌다. 세심한 성격에 비해 뒤가 무디고, 그때뿐이어서, 변명 기회는 지나갔지만, 여전히 눈치는 봐야 했다. 자동차보험 들 때 알게 됐지만 1년 주행거리가 가족보다 훨씬 더 많은 것도 눈치 거리인 줄 미처 몰랐다.

얼마 전에는, 예전에 비해 많이 닳아버린 바퀴를 보던 남편이 고개를 갸우뚱거리는 것이다. 남편을 뒤로하고 바퀴를 교체하기 위해 정비소로 향했다. 기사는 바퀴를 끼우고 4개 중 1개는 나사를 조이지 않고 자동차를 내리다 바퀴가 튕겨 나가고 차량 앞부분이 손상되는 일이 있었다. 어처구니없는 일이었지만, 다행히 남편에게는 적당히 핀잔 듣는 걸로 별일 없이 지나갔다. 하지만 그 후로 장거리 갈 일이 생기면 은근히 눈치를 보게 되었다.

살다 보면 온통 눈치 보는 일이 천지다. 세상 살아가는 일 못지않게 슬기로운 모니언즈 생활이 전율 넘치는 일이다. 정말 몰라서 그런 건지 알고도 모르는 척하는 건지 모르겠다. 어쩌면 눈치 보고 있는 것을 즐기는지도 모르겠다. 너그럽게 바라봐 줄 때까지는, 지혜롭게 눈치 보는 일은 당분간 지속될 것 같다.

10

추억 속 최상의 봄날

✦

　명료한 봄의 기억들.

　책 속의 문장들을 뚫어지게 보면, 안경을 쓴 것처럼 또렷하게 다가올 수 있겠다고 생각했다. 몇 번을 읽어 내려갈 때마다 숨은 그림 찾듯이 눈을 부릅뜨고 굴려서 뚫어지게 보았다. 그러면 자간(字間)마다 숨어있을 것만 같은 아련한 기억들이 금방이라도 튀어나올 것 같았다. 다시 한번 소리 내 읽었다. 눈을 감고 한참 동안 구름 한 점 없는 파란 하늘을 상상했다. 분명 어디선가 아른거리며 유리알처럼 해맑은 어린아이의 웃음이 배어 나올 것만 같았다. 명료한 봄을 떠올려 보려고 애를 썼다. 하지만 나에겐 그런 봄은 없었다. 도무지 되살아 나지 않았다. 감기 환자처럼 낑낑대며 앓는 소리를 낸다.

수줍게 미소 짓는 노란 꽃잎과 같은 청순했던 나의 봄은, 빛바래 지워져 버린 영수증처럼 가슴에 남아 있지 않았다. 그런 나에게 미안했다. 좀처럼 되살아 나지 않는 봄의 기억을 잠시 미뤄 두기로 했다. 블록처럼 쌓인 책 속의 단어들을 펼쳐 보았다.

안경 너머 지적인 이미지

동촌

자전거

수줍게 미소 짓는 노란 꽃잎

구름 한 점 없는 파란 하늘과 강

어린아이 같은 웃음소리

펼쳐진 문장들에 의해 가까스로 들어 올린 기억의 일면에는 어린 시절 자전거를 타면서 벌어졌던 웃지 못할 사연이 떠올랐다. 자전거를 처음 타기 시작한 건 초등학교 4학년 때였다. 그때까지 자전거 뒤편 안장에 앉아서, 아버지 허리춤 꼭 붙잡고 등에 기대면 따뜻하고 신나서 어디든 따라나섰다. 이미 더 어렸을 때부터 좌석 앞에 놓인 안장에 껌딱지처럼 붙어 다녔었다.

당시에는 어린이 자전거가 있었는지 잘 모르겠지만 있었다고 해도 우리 집 형편에 상상할 수 없었다. 아버지 자전거에 다리를 늘려서 겨우 뒤뚱거리며 탔던 기억이 난다. 아버지는 무섭고 힘에 부쳤던 자전거 타는 방법을 가르쳐 주려고 애쓰셨다. 그러나 얼마 지나지 않아 곧 포기하고 말았다.

어른이 될 때까지 타보지 못하다가 아이들이 초등학생 무렵 다시 타게 되었다. 밭으로 일 가신 시부모님의 점심을 챙겨서 운반하기 위한 편리 수단이었다. 며칠 전부터 연습을 열심히 했었던 터라 무리 없이 잘 탈 수 있었고, 그만하면 문제없을 줄 알았다.

음식을 실은 바구니를 뒤편 안장에 단단히 묶고 난 후 재차 확인하고 출발했다. 집에서 출발할 때는 별문제가 없었다. 하지만 큰길에 나서자, 10m도 못 가서 중심을 잃고 나동그라지고 말았다.

그나마 음식물이 담긴 그릇의 뚜껑은 열리지 않아 재빨리 수습할 수 있었다. 그러나 그릇 안의 음식은 몰골이 말이 아니었음을 짐작하고도 남았다. 지나가던 차들과 사람들의 멈춰 선 시선이 온통 나에게 향하고 있는 것 같아서 창피하고 눈물이 나려고 했다. 그 후로 자전거를 타볼 기회가 더 이상 없었지만, 탈 수 있다는 자신감은 늘 가지고 있었다.

몇 년 전, 남편은 자전거를 타기 위해 장비를 점검하고 있었다. 건강을 이유로 함께 타고 싶다는 생각으로 조심스럽게 말을 건넸지만 의외의 대답이었다.

"정중하게 거절할게요."

함께 타면서 보살펴 주고 신경 쓸 부분이 많아서 그런지, 불편을 느끼는 것 같았다. 가족을 걱정하는 마음이었는지는 알 수 없으나, 지금으로선 다시 자전거 탈 일은 없을 것 같다.

자전거 안장에 앉아 아버지를 껌딱지처럼 따라다니던 어린 시절의 추억으로 아련하지만, 명료한 봄처럼 가슴속에 남아 있는 최상의 봄날이다.

부록

콘서트 후기

1

겨울 병 이야기

✦

전국투어 〈겨울 병〉, 부산 공연

  부산의 〈겨울 병〉 콘서트의 여운을 아직 털어내지 못했다. 잔잔하게 남아 있던 감정이 유튜브 영상을 꺼내 보면서 다시 몽글몽글하게 일기 시작했다. 어제로 다시 돌아가고 싶었다.

  부산 〈겨울 병〉 콘서트는 사정이 여의찮아서 표 예매를 미루고 있던 참이었다. 여러 정보에 의하면 토요일보다 일요일 공연이, 느껴서 받아들이는 감정의 깊이가 달랐다고 했다. 누구는 힘겹던 시간이 겹쳐서 감정에 녹아 오열했다는 말도 들었다. 간혹 때와 장소도 구분 못 하고 주책스럽게 눈물샘이 터져 난감할 때가 있는데 공연장에 가면 나도 그럴 것 같았다. 공연을 시작하면서 쉽게 볼 수 없는 패션쇼 이벤트가 있었다는 것과, 심지어는 포니테일 머리가 자기처럼 잘 어울리기가 쉽지 않다고 자랑까지 했다는 소문이 났다. 하기야 누구나 잘 알고 있듯이 치명적인 외모에 우월한 신장이 단단히 한몫하니까. 평소에는 물론 문제 될 건 없지만, 양반걸음 정도는 약간의 수정만 하면 최적의 모델이 될 것으로 생각했다.

아! 포니테일 머리. 자칫하면 순하고 얌전해 보여 지루하기 쉬운 머리다. 그런데 영상으로 확인한 결과 의심할 여지 없이 미소가 예쁜 사람에게 아주 잘 어울리는 머리가 맞다. 반짝이는 검은색 정장에 액세서리가 진심이고, 심지어 잘 어울려서 무척 예쁘다고도 했다. 어찌 됐든 남자면서 진주 목걸이 등 반짝이 액세서리가 그렇게 잘 어울리고 예쁜 사람은 첨 봤다. 떠도는 여러 정보가 궁금했다. 낭만의 도시, 부산의 〈겨울 병〉 콘서트는 투어 마지막을 정말 멋지게 장식될 것 같았다. 소문이 맞았다.

부산 〈겨울 병〉은 여느 때와 다르게 눈물이 좀 많은 날이 됐다. 현장에서의 감동이 어느 때보다 크게 다가왔다. 마지막이라는 단어가 아쉬워서였는지, 무대를 이끌어가는 이야기마다 뭉클하게 다가와서 눈물을 참을 수가 없을 지경이었다. 마침, 울고 싶을 때 감정을 숨기지말고, 울라는 말에 눈물샘이 터져버리고 말았다. 그날따라 열 배 스무배 폭풍처럼 다가왔다. 노래마다 눈물을 연신 훔쳤다. 옆에 앉은 분에게 눈치가 보여서 조금 부끄러웠다. 한편으로는 이왕 눈물이 날 때 실컷 울어서 후련해지고 싶었다.

솔직히 눈물과 슬픔. 고독과 외로움이라는 단어를 내색하는 것을 좋아하지 않았다. 그렇지만 이날은 자리를 마련해 준 것 같아서 오히려 편했다. 어쩌면 부산 〈겨울 병〉 콘서트에 온전히 녹아들 수 있었던 것과 후기에 눈물을 말할 수 있었던 것도 편안함 때문이었다. 그래서 눈물도 많이 났고, 춤도 추었다.

춤추는 끼가 내게는 없는 줄 알았다. 〈broke〉, 〈rolling in the deep〉을 부를 땐, 열정의 분위기로 힘껏 끌어올려 주었다. 그래서 모두 함께 리듬에 맞춰 미친 듯이 흔들고 있었다. 정서는 마음의 다양한 감정이나 분위기라고 한다. 예술 작품을 감상하면 정서에 많은 도움이 된다. 좋은 작품은 영상으로도 감동을 주지만 전시장을 찾아서 실물을 접하게 되면 감동의 차이는 달라진다. 글을 쓰는 사람도 영감을 얻고 좋은 글을 쓰기 위해 여행을 가고, 전시회를 찾는 것처럼 우리 마음도 비슷하다고 생각한다. 예술세계를 공감하고 함께 하는 시간은 정서적으로 큰 감동을 불러일으킨다. 유튜브를 통해서도 쉽게 접할 수 있겠지만, 콘서트 현장에서 느낄 수 있는 분위기와 감동은 더 특별했다.

콘서트는 끝났지만, 머릿속을 떠나지 않은 몇 가지 이야기가 있다. 노래에 진솔한 마음을 담아 감정을 끌어올리기 위해 노력한다는 말과 방법 등을 몇 차례 되뇌듯 말한 점이 깊게 와닿다. 〈내 사랑 내 곁에)를 부를 땐 조명이 꺼지고 감정에 몰입하는 모습에서 매번 작품이 새롭게 태어나는 이유를 알게 되었다. 작품으로 이어지는 아티스트의 노력과 진솔한 마음에 무한한 감동을 했다. 숙고의 선곡들은 들려주고 싶은 인생 이야기며, 팬들을 향한 배려심과 사랑이었다. 올라오는 감정이 복받칠 땐 노래로 풀어낸다고 했다. 몇 시간을 불러도 끄떡없다는 말은 복받친 감정을 풀어낼 수 있는 에너지가 장착되어 있다는 뜻이 아닌가. 역시 목소리 천재라는 소문이 맞았다.

특히 잊을 수 없는 보약 같은 이야기는 울고 싶은 감정을 숨기지 말고, 울라는 거였다. 노래를 듣고 감동이 되면 눈물이 나지만, 내 설움에 눈물이 날 때도 있다. 이제부터 콘서트의 이야기 마당에서는 부끄러워하지 않고 울 수 있을 것 같다. 노래에 담긴 이야기며 팬들과 나누는 재치 있는 말은 모두가 주옥같았다. 가족도 해주지 못하는, 내가 듣고 싶은 이야기를 이미 알고 하는 것 같았다. 토닥거려 주는 위안의 말은 한마디씩 할 때마다 감동이었다.

아티스트의 달라진 모습도 많이 느낄 수 있었다. 글 쓰고 노래하지만, 춤추고 노래하고, 오고 가는 대화가 자연스러웠다. 때로는 능청스러움이 배어있어 참 편해 보였다. 어떤 일이든 가고자 하는 길 편안하게 갈 수 있기를 기대한다. 함께 가는 길 어느 한 모퉁이 진자리 마른자리 되어도 좋겠다고 생각했다. 또 다음에도 이와 같은 날이 기다려진다.

〈시리고 텁텁한 가을〉과 〈겨울 병 이야기〉를 위해 애쓰며 달려온 그대에게 감사의 마음을 듬뿍 담아 보낸다.

2

군위 청년 축제에 다녀오다

✦

2023 군위 청년 축제

로댕의 작품으로 잘 알려진 '생각하는 사람'의 원래 이름은 '시인'이라고 한다. 나는 최근에 '시인'과 같은 조각 작품을 가까이에서 처음 보았다.

군위 청년 문화제에서 축하 공연에 앞서 열린 청년들의 토크 시간을 남다르게 느꼈다. 비 오는 소리와 객석의 백색 소음으로 인해 청년들이 대담하는 소리를 충분히 알아들을 수는 없었다. 하지만 진지한 모습과 표정에서 젊음의 생생한 현장을 보았다. 퍽 진지해 보였다. 비가 오지 않았다면 훨씬 좋았을 텐데 하는 아쉬움이 컸다. 특히 청년들의 토크 시간이 돋보였던 이유는 비슷한 나이대의 아들이 있기 때문이다. 당연히 청년들에게 갖는 관심도는 부모로서 높을 수밖에 없었다. 이솔로몬 아티스트는 청년이라는 주제에 참 잘 어울렸다. 꿈과 희망의 아이콘이면서 청년의 상징인 초대 손님으로서 딱 어울리는 사람이었다.

토크 시간이 끝나고 잠시 후 사회자의 소개에 뒤이어 이솔로몬 아티스트가 무대 위로 올라오고 있었다. 계단을 천천히 올라가는데 객석의 곳곳에서는 함성이 울리기 시작했다. 통통 튀는 발걸음마다 광채를 드러낸다. 비가 와도 밝게 빛나고 있었다.

로댕이 만들어 낸 '시인'의 얼굴이 이와 같을까. 세련된 머리카락의 미세한 물결, 아담한 얼굴에 선명하게 드러나는 눈 코 입의 조화. 모두를 아우르며 유연하게 흘러내리는 턱선과 하늘로 치솟는 우월한 신장. 손끝에서 벌어지는 무언의 메시지.

이미 오랫동안 다듬고 깎아낸 섬세한 조각 작품이다. 신이 빚어놓은 걸작이고 최고의 선물이다. 내면은 강한 남자의 에너지가 흐르고, 팬을 향한 마음은 언제나 초콜릿처럼 달다. 특히 입꼬리 감춘 송편 같은 입술에서 연신 하트를 뿌려댄다. 연호하는 '이솔로몬' 이름이 하늘에 퍼지고 비눗방울처럼 피어오르는 낭만과 열정은 결속을 다지는 아름다운 장면들로 연출되었다. 객석의 잔디밭을 디디고 있는 의자와 발은 잔디를 밟을 때마다 물이 퐁퐁하고 올라왔다.

무딘 감성 어루만지기는 〈시인〉이 최고다. 〈시인〉의 멜로디가 심장을 두드릴 때마다 퐁퐁 올라오는 물처럼 튀어 오르고 있었다. 추억과 기억의 조각들이 노래에는 언제나 존재한다. 즐거운 일이다.

"노래 좋았어요?" 칭찬 듣고 싶어서 되묻는다.

"좋아요. 진짜예요. 너무 좋아요. 이보다 더 좋을 순 없어요."

〈오르막길〉은 일주일 동안 노랫말을 뇌에 저장하고 수도 없이 중얼거리며 따라 불렀던 노래다. 그대 목소리로 처음 알게 되었고, 팔이 오그라들 만큼 좋아하게 되었다. 물론 나의 뇌에는 이미 원곡자로 저장이 되어 수정 불가 된 지 오래다. 빗소리에 기대어 고막을 강타하는 떨림은 곡마다 진심이다.

〈이 또한 지나가리라〉는 들을 때마다 소름 끼친다. 이렇게 진지해본 적이 있었나. 생각하게 했던 노래였다. 진지했고 진심이었던 이 노래로 팔불출이 시작됐다. 처음엔 하루 중 대부분을 한 생각만 하고 누군가에게 소개할 땐 침을 튀기기도 했다. 좋은 소식이 들릴 때마다 세포가 먼저 반응했다. 다양한 행보에 결연한 의지가 돋보이는 모습을 볼 때마다 배운다. 잘 해내고 있다. 진실함과 순수함이 녹아 있기에 모두가 그대를 좋아하는 것이다.

〈한 걸음 더〉 노래를 부르며 무대를 뛰어다니는 모습도 좋았다. 대구 말씨 같은 서울 말씨가 많이 늘었다. 말할 때마다 심장 터지는 소리가 곳곳에서 들렸다. 자연스럽게 스며드는 말투가 멋있다고 해야겠지만 귀여웠다. 나도 무대를 마구 뛰어다니는 상상을 했다. 솔직히 부러웠다. 다시 태어난다면 가수 하고 싶다는 생각도 했다.

〈라라라〉는 모두를 아우르는 노래로 역시 단연 최고다. 둘! 셋! 이제는 정겹기까지 하다. 예전부터 잘 알고 있던 곡이라서 그런지 마치 본인 곡처럼 찰떡이다. 함께 떼창 할 때마다 신나고 재밌다.

언제나 우리는 〈사랑일 뿐이야〉는 진솔하고 순수한 마음을, 우리 모두에게 전해주고 싶은 메시지가 아닐까, 하고 늘 그렇게 생각하고 있다. 무슨 말이 더 필요할까. 이 순간 비가 뭐 대수인가. 비 오는 내내 비를 맞으며 열정으로 노래했다. 그럼에도 여전히 빛났다. 비도 밝게 내리고 있었다. 운치가 있었다. 낭만적이었다.

무대 위에서 빛나던 시인은 사람의 모습이 아니었다. 신이 빚었다. 완벽했다. 완벽한 조각 작품으로 빛났다. 돌아오는 내내. 아니 지금까지도 긴 여운으로 남아 있다.

3

대구 북 사인회 마치고

✦

『엄마, 그러지 말고』 북 사인회

첫사랑을 꽃피울 때 말고는 설레본 적이 있었나 싶은데 요즘은 그런 일이 자주 있다. 생각해 봤다. 이솔로몬 작가의 〈엄마, 그러지 말고 사인회〉에 가기 위해 길을 나서려는데 마음이 성급해졌다. 대구까지 가야 했고 사인회 장소는 상가 지역이고 주차하기에 어려움이 많다는 정보를 들었다. 처음 가보는 곳이기도 하지만 주차 문제는 가장 신경 쓰이는 부분이라서 한 시간 일찍 출발했다. 새벽부터 분주하게 서둘러도 그런 날은 시간이 유난히 더 빨랐다. 전날 아들이 오랜만에 집에 와서 충분히 쉬지도 못했는데 떠밀 듯이 보내야 했다. 미리 양해를 구하긴 했지만 퍽 미안했다. 오히려 걱정하지 말고 마음 편하게 잘 다녀 오라며 안아줘서 정말 고마웠다.

출발은, 같은 시간에 각자의 목적지로 가기로 했다. 처음 경험하는 북 사인회를 놓치지 않으려는 마음에 긴장이 되었다. 서두르다가 결국 이리저리 스텝이 꼬여버렸다. 그 모습을 놓칠 리 없는 아들이 출발하기 전에 짓궂게 한마디 했다.

"엄마가 찬양하는 이솔로몬을 봐야겠는데 저도 갈까요?"

"엄마가 찬양하는 사람은 울 아들이 첫 번째지. 솔로몬은 두 번째여!"

마음에서 일어나는 일은 태연한 척해도, 표정을 감출 수가 없다. 결국 들켜버려 얼굴이 빨개졌다. 잘 다녀오라는 격려의 말을 뒤로하고 씩씩하게 사인회 장소로 향했다.

사인회 장소인 시인 보호구역은 신인 작가 시절 몸담고 활발하게 활동한 곳으로 알고 있다. 이층에 있는 카페 풍의 간판과 현수막이 시인의 마을을 보호해야 할 것 같이 구역 정리가 잘 된 느낌이었다. 비가 촉촉이 내리는 시인의 마을에 잔잔한 감동이 흘렀다. 이층으로 올라가는 짧은 순간에도 계단 입구부터 그들의 노래가 들리는 듯했다. 시작하기 한 시간 전인데 사인회 장소는 이미 열성 팬들로 가득했다. 미리 신청한 번호표의 차례는 무작위 순번이었다. 번호표를 받아 들고 애써 감춘 억지 표정이 설렘인지 떨림인지 분간할 수 없었다. 낯익은 얼굴이 먼저 반겨주고 인사 나누면서 잠시 낯섦이 사라지고 편안하게 분위기를 즐긴 것 같다.

시인의 마을에 오기 전에는 느낌을 알지 못했다. 시집을 읽었고, 시인은 따뜻했고, 우울했을 마음을 읽었을 뿐이었다. 찬찬히 훑어본 사인회장은 북카페에 어울리는 커피 향과 책들로 가득했다. 모니언즈의 발길이 닿은 흔적이 많아서 그런지 이솔로몬 작가의 마을에 온 듯한 느낌이 들었다.

곧 사인회가 시작될 예정이었다. 계단 끝에서 올라오는 에너지가 느껴지고 잠시 후에 주인공이 나타났다. 이 솔로몬 작가의 모습을 그렇게 가까이 보기는 처음이었다. 뒷줄에 서 있어서 약간 먼발치지만 한 공간에 있다는 사실에 소름이 끼쳤고, 팔에는 닭살이 돋았다. 이유는 나도 잘 모르겠다.

드디어 무작위 #82. 『엄마, 그러지 말고』에 새겨질 사인 문구며 사전에 준비된 어떤 메모도 준비되어 있지 않았다. 미리 준비한 사인지에는 위트와 진지함을 담은 다양한 덕담들이 넘쳐났지만 나는 그렇게 예쁜 말이 생각나지 않아서 쓰지 못했다. 작가와의 만남은 1분이면 족했고, 건네는 말 한마디면 충분했다. 정성 담긴 이름 넉 자와 생각이 주는 짧은 한 줄이면 그만이었다. 정말 그랬다. 잠시 1분의 시간이 지나고 나는 다시 원점에 서 있었다. 작가 앞에 마주 앉은 순간 난 작가를 본 적이 없고 기억도 사라지고 없었다. 아무 생각도 안 나고 멍했던 기억뿐이다.

무대의 한쪽 끝에서 본 작가의 모습이 그제야 고스란히 들어왔다. 멋지다고 말하면 좋겠는데 참 예쁘다고 느낀 내 본심을 어찌 숨기랴. 당연히 멋졌다. 예정된 2시간에서 훨씬 늦어진 4시간 동안 자리를 뜨지 않고 150권의 책에 사인을 했다. 당연히 어려운 일인데도 오히려 행복했었다는 작가의 말이 와닿았다. 무명 시절 활동하던 장소에 다시 돌아와 집념으로 일궈낸 자신의 책 사인회를 열었다. 얼마나 가슴이 벅찼을까. 내가 다 뿌듯했다. 그래서 우리가 좋아하는 이유이기도 하다. 가슴속에서 가장 감동적인 예쁜 말 찾아서 말해주고 싶다. 꿋꿋하게 자신의 길을 걸었을 뿐이지만 과정은 많은 이들에게 꿈이 되고 실현할 수 있도록 영향을 주었다. 특히 청춘에게 쏟는 마음 씀이 돋보인다.

그럴 수 있는 것은 책에서 얻지 않았을까 싶다. 책은 꿈이자 삶의 희망이다. 이솔로몬 작가를 통해서 보았다. 책 읽는 것을 하루의 일과 중 하나로 여기고 매일 글쓰기도 실천하고 있다. 언젠가 청춘에게 이솔로몬 작가의 〈꿈〉이라는 주제로 강연할 날이 왔으면 좋겠다.

사인회를 마치고 블로그 이웃들과 가까운 곳에서 여정을 풀었다. 뿌듯한 하루의 결과를 나누며 맛있는 음식으로 허기를 채웠다. 먼 길을 다시 돌아와야 하는 부담감은 있었지만, 까만 하늘에 던졌다. 반짝이는 별들의 지도로 집에 돌아오는 내내 구름 위를 미끄러져 오는 것 같았다. 꿈같았다. 그 시간이.

4

손으로 써 내려간 것들

✦

앵콜 콘서트 〈손으로 써 내려간 것들〉

부산, 동백이 있는 곳에서 모처럼 휴가 같은 시간을 보냈다. 이른 새벽 달려서 고속 도로에서 맞이하는 여명은, 마치 동백이 피어오르는 것 같았다. 〈손으로 써 내려간 것들〉 작업실(무대)로 가기 위해 나선 길이 더욱 설레도록 부추기는 것 같았다. 마치 아우토반 위에 있는 것처럼 마음도 설레고 달리는 자동차 바퀴도 설렜다.

그렇게 먼저 도착한 동백섬. 콘서트를 향하는 거리에는 공연을 알리는 현수막이 깃발처럼 나부끼고 있었다. 동백에 취해 해변을 거닐고 있어도 마음은 온통 콘서트 〈작업실〉에 가 있었다. 내 안의 너를 다시 보겠노라 고백했던 동백도. 해운대의 은빛 반짝이는 해변도 〈손으로 써 내려간 것들〉 콘서트를 가는 것만큼 특별하지 않았다.

무대는 주인공의 분위기와 비슷하게 꾸며져 참 편안하고 아늑해 보였다. 화려하지 않으면서 예술가가 지닌 모습 그대로 표현했다. 주제에 맞게 의상도 편해 보였다. 자유롭게 무대를 날아다니는 모습은 소박하지만, 세련된 무대 연출이 전체적으로 참 멋있었다.

이솔로몬 아티스트는 에너지다. 공연장 입구부터 느껴지던 에너지는, 무대에서 발산하는 열정과 폭발적인 가창력이 심장을 다 녹이고도 남았다. 주체할 수 없는 열정과 무대 장악력은 최고였다. 열정 가득한 무대에 올라가 나도 브레이크 춤을 추고 싶어질 정도였다. 그리고 잔잔한 기타 소리에 흠뻑 취했던 서울과 군포 공연의 〈외로운 사람들〉 노래는 달콤한 건포도 몇 알 품은 포슬포슬한 백설기의 맛이라면, 대구와 부산 공연의 〈외로운 사람들〉 노래는 찰기 가득한 쫀득한 맛이었다. 특히 부산 공연의 마지막 감동을 선사한, 자신감 있는 기타 소리는 최고였다. 그동안 바쁜 가운데서도 좋은 모습을 보여 주기 위해 노력해 온 흔적이 고스란히 느껴졌다. 그러니 우리가 좋아할 수밖에 없다.

팝!
심장이 다 녹을 것 같았다. 아, 그리고 맞다. 노래 잘 부르고. 멋있고. 재치 있는 말투까지. 이젠 익숙한 익살스러운 말투까지 너무나 자연스러워 멋있다고 말하고 싶은데 아주 귀엽다. 〈정류장〉에서 〈상경〉

과, 〈여행자〉의 모습으로 이어진 삶의 파노라마를 느끼게 하는 극적인 선곡은 밝게 부르겠다는 의지가 아니었다면 목 놓아 울 뻔했다. 가려진 마스크 안에는, 눈물이 강물처럼 흘러서 주체할 수 없었다. 알 수 없는 감정이 조각조각 엉겨 붙어 분명 슬프지 않은데 슬프게 흘러내렸다. 감정에 빠져 있다가 무대를 보니 열정을 다 쏟아붓는 것 같았다. 열심히 준비해서 보여 주어 참 고맙고 따뜻하게 느껴졌다. 천상에서 구름다리 타고 내려온 천사 같았다. 웃는 모습도 마음도.

무대를 끝맺으며 정성껏 쓴 편지를 팬들에게 읽어주었다. 깨고 싶지 않은 봄 꿈을 간직한 동백의 계절처럼 우리 오래오래 함께 걸어가면 좋겠다. 시골의 작은 마을에서도 그대의 멋진 모습을 볼 수 있었으면 참 좋겠다.

라일락꽃이 꿈꾸는 향기 좋은 봄날에 다시 만나기를 손꼽아 기다리며.

5

별 보러 갈래?

✦

전국투어 〈겨울 병〉, 서울 공연

　백설이 우거지는 산야가 지척에 다가온다. 첩첩이 산 하늘 위로 얼얼하게 바람맞은 눈 무리는 못다 한 한이라도 풀어낼까, 쪽진 여인의 살풀이 춤사위에 너울거리는 명주 자락 같다. 이대로 가다가는 자칫하면 적막 산중에서 가지도 돌아가지도 못하겠단 생각을 했다. 집으로 되돌아갈 궁리하는 머릿속에, 그래도 가야겠다는 갈등에 한참 동안 복잡했다. 마치 되려 나를 움켜잡은 것처럼 예열된 운전대와 찌릿하게 감전돼 버릴 것 같은 오른발은, 연신 나아감과 멈춤을 반복하고 있었다. 느리고 길게 늘어선 차량 행렬 속에 묻혀 더디게 미끄러져 갔다. 정작 출구를 가리키는 팻말이 선명하게 다가와도 본 듯 만 듯 지나치는 의지는, 조금 전까지 갈등이 있었는지 의아할 정도였다.

　우여곡절 끝에 예상 시간보다 두 배 이상 걸려 공연장에 도착했다.

헐레벌떡 들어섰을 땐 반갑게 맞아 주는 사람들과 눈웃음만 나눌 수 있었고, 주위를 돌아볼 틈이 없었다. 몇 번을 크게 숨을 쉬는 동안, 어느새 달빛 드는 창가에 기대어 서 있었고, 까만 밤하늘에 반짝이는 별을 그렇게 오래도록 바라보고 있었다.

나는 겨울을 좋아했다. 낭만이 깃든 눈이 있는 풍경 때문만은 아니었다. 가을이 깊을수록 그 끝은 고독의 최정점을 찍는 계절이 겨울이라고 생각했다. 돌이켜 보면 청년 시절의 겨울은, 유난스럽게 외로움과 고독을 치르는 일이 잦았다. 나를 제대로 돌봐준 일이 별로 없었다. 그럴 때마다 얼어붙은 냇가를 따라서 무작정 걸어본다든지, 얼룩으로 일그러진 붉은 가로등 불빛을 자주 바라보는 일, 책을 보는 일. 겨우 아쉬움을 끄적이는 일. 그때도 지금처럼 북두칠성을 자주 바라보곤 했다. 누구에게라도 마음을 들키고 싶지 않아서 두꺼운 겨울옷 속으로 감추려고만 했다. 그건 아마도 더 깊은 겨울의 고립이 주는 편안함도 있었던 것 같다.

다른 세상을 경험해 봐야겠다는 생각은 하지 못했다. 할 수가 없었다. 특히 "외로움을 털어내기 위해 난 여행을 떠나요." 이 말이 가장 부러웠다. 방법을 몰랐었다. 그런 날들이 내게 최선이었다고 생각한 순간이 가장 아쉬움이 돼버렸다. 그러나 뭐든 그땐 그 순간만이 가지는 특별함이 있었다. 고독을 누리듯 꽤 오랫동안 추운 겨울을 좋아했다. 그대의 말처럼 오래 혼자 남은 외로움을 피해 다시 혼자가 된다는 말을 충분히 이해할 수 있을 것 같다. 외로움의 끝에는 함께라는 희망이 싹트기 때문이다. 외로움의 에너지가 소진해야 비로소 얼음을 뚫고 나오는 하얀 봄이 기다려진다.

오프닝 음악이 흐르고, 별은 긴 하루를 밝히는 까만 밤하늘에 아름답게 빛나고 있었다. 그대는 겨울 속 어디론가 여행을 떠난다. 여행의 목적이 분명해 보인다. 자신만의 색깔로 예쁘게 묶어 이야기를 엮어나갔다. 23곡을 선곡해서 정성껏 들려주는 목소리는 차분하면서 다정하다. 노래할 때 폭발하는 성량은 참인지 의심이 될 정도였다.

간혹 익살스러운 대사와 표현하는 몸짓이 특화되어 있었다. 평소 익숙한 것처럼 자연스러워 보이는 다양한 표현들이 예쁘고 귀여웠다. 표정에 이끌려 나도 모르게 같은 표정 짓고 같이 따라 웃고 있었다. 겉은 바삭하고 속은 촉촉한 겉과 속이 다른 맛이라고 할까. 영혼을 울리는 진중한 목소리와 귀여운 표정까지, 최선을 다해 준비하고 연습했을 시간과 마음이 다소 야윈 듯한 얼굴로 고스란히 전해졌다.

숨을 멎게 했던 또 하나의 장면이 있었다. 속초 겨울 바다를 한참 동안 바라보고 있는 영상은 시리도록 아름다웠다. 익숙한 고향 바다와 너무나 닮아있어서 손을 뻗어 화면에 비친 빨간 등대를 어루만질 뻔했다. 고향 바다의 비릿한 짠 내가 코끝에 맴도는 것 같았다. 놀려대는 오빠들 따라 뛰어다니던 백사장을, 그대는 영화 속 배우처럼 모래를 꾹꾹 누르며 걸어가고 있었다. 얇아진 감정은 넘실대는 파도처럼 일렁거렸다. 보는 내내 고향 바다로 불쑥 달려가고 싶었다.

고향 바다는 코흘리개 어린 시절의 부끄럼과 모자람이 자라고 있다. 어른이 되어도 언제든 돌아가도 강물을 담아 품었듯이 편안하게 맞아준다. 그리운 고향 바다의 아름다운 풍경이 영상 위에 겹치면서 뭉클해지기도 뜨거워지기도 했다. 그대가 겨울 속에 긴 여름을 즐겼을 이와 같은 순간을 나는 겨울 속 더 깊은 겨울을 만끽하며 온전히 행복하게 즐길 수 있었다. 고마웠다.

사랑하는 사람들을 위해 누구보다도 낮아질 자신 있으며, 섬기며, 사랑하며 맞서 싸울 수 있는 사람이라고도 했다. 사랑하는 사람들에 대한 최고의 배려라 생각했다. 사랑한다는 말은 할 수 있어도 사랑하는 사람을 위해 더 낮아질 자신감을 말할 수 있는 사람은 그리 많지 않다. 그보다 더 아름다운 말이 또 있을까. 사랑하는 그대들을 향한 허리 숙인 곡선의 진수와 뽀얗게 드러낸 정수리의 아름다운 조화도, 말하고 싶은 또 다른 언어가 아니었을까.

퇴근길 보기 위해 추위에 떨 그대들을 위해 대신하기로 한 하이터치 시간….

　찰나 같은 시간에 난 또 무얼 봤지…? 가까이에서 본 이솔로몬 아티스트는 사람의 모습이 아니었다. 신의 조각 작품이었다. 진짜 별이 맞았다. 마치 하늘이 열린 듯 하얗게 쏟아붓던 눈보라가 겨울 속 겨울 여행을 하는 동안 잠잠해졌다. 다행히도 잊고 있던 돌아갈 걱정 길이 말끔히 회복되어 별 무리 없이 도착했다. 쌓여가는 눈길에 덜컥 무서워 되돌아갔더라면 별을 못 볼 뻔했다. 다행이다.

6

계절의 끝자락에서

✦

1st Fanmeeting 〈계절의 끝자락에서〉

계절의 끝자락에서 사랑하는 그대들에게 하고 싶었던 말은 무엇이 었을까. 사랑의 마음을 어떻게 표현하고 싶었을까. 생애 첫 미팅, 파란 별빛 쏟아지는 밤바다를 찬란하게 비출 사랑하는 그대들의 그대는 어떤 표정으로 무대로 걸어 나올까, 하고 궁금했다.

지난밤 몇 번이고 장거리 갈 생각에 잠이 들었다 깼다 여러 차례 하느라 설쳤다. 눈 소식으로 아침 풍경은 온통 하얗게 점점 더 하얀 세상으로 변하고 있었다. 전날 내린 눈으로 지나가는 자동차들이 거친 바퀴 소리 낸다. 바퀴에 끼어 매달려 가던 물먹은 솜 뭉텅이를 한 바가지 올려붙인다. 서울 나들이 가는 애마가 꼴이 엉망진창이 돼버렸다.

설렘 가득 안고 출발 시동 거는 자신감에 찬물을 끼얹는다. 아침 설거지하면서 깨진 접시에도 애도를 표한다. 찝찝한 긴장감이 돌았던 심신을 안정시키고 다시 제자리에 멋지게 귀가할 것을 꿈꾸며 콘서트

216 내 나이 예순, 성덕이 되었습니다

로 향했다. 눈이 춤을 추며 하늘로 올라간다. 고속 도로가 내게로 온다. 온통 축제 분위기다. 나도 덩달아 춤을 춘다. 야호.

그대의 첫 표정이 우아하다. 무대를 걸어 나올 때 그랬다. 그래 그 표정이야. 어울려 멋져. 블랙홀. 그래 오늘 풍덩 빠져보자!

〈Reality〉

사랑하는 그대들의 최고 취약한 부분을 여지없이 무너뜨린다. 이래도 되는 건가? 묻고 싶다. 꿈들은 나의 현실이고 내가 머물고 싶은 멋진 세상 환상뿐일지라도 어쩌면 그게 내 현실일지 몰라요.

〈엄마〉

노래하면서도 가슴은 울었겠지. 내가 봤거든. 엄마 이야기할 땐 눈이 늘 촉촉했으니까. 엄마를 노래할 때 나도 따라 울었다. 엄마가 병원 침대에서 다 내려놓고 힘없이 누워 계시던 생전의 모습이 생각나서 너무 아팠거든.

〈알아채 줘요〉

그대는 바보다. 정말 바보다. 아직도 모르니? 알면서도 그러는 거니? 사랑하는 그대들의 마음을 눈치채지 못한다면 바보인 거지. 알아채 줘서 정말 고마워.

〈혼자 남은 밤〉

이제 더 이상 혼자가 아니야 우리가 있잖아. 얼마 전 불렀던 그때. 같은 노래에선 슬픔이 가득했었다. 이번엔 같은 노래는 다른 느낌이 었어. 너무 행복해 보였거든. 기타 소리도 한결 수준 높아지고(전문가 아님). 휘파람 소리는 오! 너무 맑아서 옹달샘인 줄 알았잖아.

〈시인〉

그대가 시인이라서 좋다. 어쩌면 시인이라서 〈시인〉이 더 빛날지도 몰라. 합창과 파랗게 쏟아지는 별빛으로 써 내려가던 시인의 노래가 계절의 끝자락에서 모두의 마음을 뭉클하게 만들었거든. 그대의 울컥 하는 마음을 눈치챘기 때문이지.

나는 당신이란 밤바다를 헤엄치는 배 영영 길을 잃어도 좋아요.
밤을 밝혀주는 별들의 노랫소리가 날 당신께 인도할 테니

가사 일부

〈사랑은 눈꽃처럼〉

사랑이 눈꽃처럼? 손을 내밀어 보지만 금세 녹아버리는 눈꽃. 찬 겨울 속 흔들리는 마른 가지에 수천 번 아니 수만 번 시도 끝에 맺히는 눈꽃. 한낮의 햇볕을 자국으로 남아 내년 봄 한 송이 진심의 꽃을 피우기 위해 견딘다. 넘 아파하지 말길. 사랑하는 그대들이 있으니까.

〈The most beautiful thing〉

팝이 너무나 잘 어울리는 그대는 목소리 천재! 나는 봤다. 모니언즈에게 사랑의 마음을 어떻게 표현하고 싶어 했을까를. 정말 그렇게 하고 싶었다며 모두에게 세심하게 눈 맞춤 하며 진심을 전하고 싶어 했다. 그 마음이면 뭐든 통한다.

모두를 눈물 나게 했다. 엎드려 큰절 올리는, 등에 흐르는 곡선의 힘이 얼마나 위대한지. 소통하는 시간이 얼마나 값진 것인 줄. 내내 우리는 식구인 것처럼. 때론 묵직하게 재치 있고 지혜롭다. 오늘 하루는 그대에게 모두 던졌다. 기뻤다.

나오며

✦

　퇴고하는 동안 줄곧 아들을 생각했습니다. 아들에게 처음으로 출간을 알렸을 때, 뜻밖의 소식에 놀라움을 감추지 못했습니다. 그리고 저를 꼭 안아주었습니다. 등을 토닥여 주며 아들 도움이 필요할 때 언제든 말씀해 주시라는 말과 함께요. 평소 아들과 속 깊은 이야기를 편하게 나누는 편입니다. 그러나 글 쓰는 것에 관한 이야기를 한 적은 없습니다. 나를 아는 누구에게도 속마음을 보여 줄 수 없었습니다. 오히려 들키는 것 같아 걱정되고 부끄러웠습니다. 다시 읽으면서 내가 쓴 글이지만 스스로 낯설게 느껴질 정도였으니까요.

　아들은 이솔로몬 작가와 나이가 비슷합니다. 온통 이솔로몬 작가 이야기뿐인 책을 어떻게 받아들일까 궁금합니다. 팬인 줄은 알고 있었지만, 그의 영향을 받고 글 쓰고 책을 출간하리라는 상상은 아마 하지 못했을 겁니다. 아들과 손주들의 사진으로 가득 채웠던 휴대전화에 이솔로몬 작가의 사진이 많아지고, 글 쓰기로 하루 중 많은 시간을 보내는 엄마의 일상도 역시 눈치채지 못했을 겁니다. 엄마가 쓴 책을 낯설게 느낄 수도 있을 겁니다. 그러나 용기를 냅니다. 예순에 다가온 그를 통해 꿈이 생기고, 부끄러워하지 않을 나를 찾았습니다.

그동안 편지처럼 쓴 글을 모아 책을 출간하기로 마음먹고, 이솔로몬 작가님께 꼭 한 번은 고마움을 전하고 싶었습니다. 글쓰기 시작하고 참 많이 변했습니다. 그리고 많은 것이 달라졌습니다. 블로그 이웃과 소통하면서 글 쓰는 것이 설레고 즐겁습니다.『엄마, 그러지 말고』와『그 책의 더운 표지가 좋았다』의 독후감이, 부족한 글이어도 더 이상 부끄럽지 않게 세상 밖으로 나올 수 있었습니다. 용기를 주신 더블와이파파님께 진심을 담아 감사 말씀드립니다. 더블와이파파님의 지도와 도움이 아니었다면 결코 해내지 못했을 겁니다. 뿌듯합니다. 앞으로도 이와 같은 일을 용기 있게 맞이할 수 있을 것 같습니다.

남편과 딸들에게는 출간 소식을 알리지 못했습니다. 선뜻 말하기가 부끄러웠습니다. 가끔 컴퓨터에 자주 앉아 있는 제게 고시 공부 중이냐고 한 마디 툭 던지면서도, 무심히 바라봐 주던 남편에게도 고맙습니다. 엄마의 책 출간을 꿈에도 상상하지 못한 채 놀랄 두 딸에게도 고마운 마음 전합니다.

책 출간을 나보다 더 기쁘게 기다리는 모니언즈 청련화님, 어니스티님 고맙습니다.

사랑하는 아들은 누구보다도 이번 책의 1호 팬입니다.

글을 쓸 수 있게 설렘과 낭만을 선사해 주신 이솔로몬 작가님께 고마운 마음 전하며 이 책을 바칩니다.

마리혜 올림